ストロマトライト

STROMATOLITE

片瀬　素

KATASE Moto

文芸社

もくじ

深　紫　～ディープパープル～

序章

「熱っ……」

うっかり設定温度を間違えていたみたいだ。

でも、火傷をするというほどではなくて、むしろ夢と現実の境目が曖昧になったまま、どんよりと痺れた頭にはちょうどいいくらいの刺激と言えるだろう。ぼやけていた境界線に熱いお湯がしみ込んでいって、ゆっくりと自分の輪郭が現れてくる気がする。


ついさっきまで夢を見ていた。

僕はたった一人、果てしない漆黒の海中を落ちていく。でも不思議と息苦しさや恐怖を感じることはない。どちらかと言えばワクワクするといった方がぴったりくるような高揚感で、落ちていくスピードが焦れったく感じられるほどだ。もっと落ちていけば、あの約束の場所に辿り着くのだろうか、もう少し行けばあの光が見えてくるのだろうか。僕はもっともっと、果てしなく落ちていかなければならないのか。

そこで目が覚めた……はずなのに。

どうしたんだろう？　何か違うな。

まだ僕は目蓋を閉じたままで、シャワーを浴びているということ自体があやふやになってくる。気がつけば自分の意志とは関係なく、足元に浴びていたと思ったシャワーがゆっくりと上半身まで這い上がってきた。そしてその動きに合わせるように、体の重心は左へ左へと傾き続け、ついに平衡を保てなくなって……。

ドスンと尾てい骨にひびく軽い衝撃とともに、僕の身体は前のめりになり、腰のベルトだけで体重を支えているような格好になった。やがて、真っ赤に染まっていた世界がリアルな色彩を取り戻し、体重を背中にあずけられるようになった頃には、機体がスピードを緩めながらタクシングしているのがようやく全身で理解できた。

この溶岩に囲まれた小さな空港へのファイナルアプローチは、島の両端にそびえる二つの休火山を一旦迂回して南の海岸線から侵入するために、機体は一度太陽に向かって大きく旋回する。結局、僕は最終の着陸態勢になっても目を閉じたまま朦朧としていたようだ。

人間は目覚める過程で、まず色彩の回路からスイッチを入れることもあるらしい。夢の中で光を追いかけていた僕は、南の島の容赦ない陽差しに目蓋を透かされて、真っ赤な血の世界から現実へと引き戻されたのだった。

程なく僕が乗った小型のエアバスはこぢんまりとしたターミナルに駐機した。ここからいったんタラップで滑走路に降り立ち、歩いてターミナルビルへと入っていく。大きな空港では地上に降りずにそのままビルへ入っていくことができるが、そういう移動を繰り返していると、自分がどういう手段でこの場所へやってきたのか曖昧になってしまうことがある。空港と空港との点を結んで移動して、極端な場合はターミナルビルからターミナルビルへ、通路を渡ってやってきたような感覚に陥ってしまうのだ。

普段仕事の時なら、その方が疲れをごまかすことができて都合のいいこともある。でも、今回はどうしてもこの島へ降り立つという実感が必要だった。着陸まで不覚にも眠ってしまっていたので、なおさら自分が乗ってきた機体のエンジン音と熱気を浴びながら、アスファルトの上を歩くということに意味があった。

十年ぶりに、今度は飛行機でやってきた。

以前訪れた時の定期フェリーはいまもあるけれど、今回の再訪では巨大な金属製のスクリューで海を泡立てながらこの島へと乗り込んでくることが、何か罪悪と感じられたのだ。あの光と闇の境界線を撹拌して、大切に守られている世界を台無しにしてしまいそうな畏れが僕を支配していたから。


僕は陸からやってきたのだ。

そして陸から海へと帰っていかなければいけないのだ。

一章

専門課程で早々と留年を確実にしてしまった僕には、生協で手にした『C級ライセンス取得ツアー・合宿講習が旅費込み一〇万円！』のチラシがそれこそ渡りに現れた船そのものに見えた。

もともと試験の成績が振るわなかったのは、学費のために勉強そっちのけでバイトに明け暮れていて、前後期分をいま払っても、まだお釣りがくるぐらいに稼ぎまくっていたことが一因で、どうせなら残り半年もいまのバイトを続けてしまえばさらに一年分の学費の心配もなくなる。そこでひと区切りつけて、学業とバイトの本末転倒を元に戻せば、なんとか道を外さず卒業に漕ぎ着けられるんじゃないか。親の手を煩わせずに自分の力だけで大学を卒業する。それは入学の前に僕自身が最低限自分に課した条件だったからだ。

とはいえ見るからに苦学生のようなのは柄ではないし、世間一般の学生のように『ちょっと遊びすぎたなあ』などと反省顔で、春から心機一転学業に励むのにも、この一年の『遊びの勲章』を残しておきたい。車の免許はすでに取っていたし、他に証しとなりそうなもの……というわけで、あわよくば世間並みの夏休みのエピソードづくりにも期待しながら、結構軟弱な思いつきで一枚のチラシに乗ってみる気になったのだった。

案の定、申し込みのために立ち寄ったダイビングショップは、夏休みを目前にネジを弛めた女子大生たちで賑わっていて、意外とあっさり彼女も見つかったりして……などと期待を抱かせるには十分な能天気ぶりだった。

申込書を書いてツアー代の振込用紙をもらって、万一の事故のための保険とか免責事項の確認とか、いくつかの説明を受けたりサインをしたり、面倒なことはそれくらいでけりがついた。あとは出発の日に時間に遅れないようにと、拍子抜けするぐらいあっさり解放された。……と思ったら、ショップのオーナーという中年オヤジが顔をのぞき込んできて、余計なひと言をつけ足してくれた。

「ここだけの話、今回のツアーはあの女子大生グループが残りの定員を埋めちゃったんでね、男性はキミと引率役のインストラクターの二人だけってことになりそうなんだよね。ダイビング講習以外の時間はうちも責任を負うわけじゃないんだけど、若い女の子たちばかりのことだからさ、その辺はトラブルのないようにお願いしますね。もちろん彼女たちにもそれは了解済みだし。まあ、キミは真面目そうだから大丈夫だとは思うんだけれど」

妙な目配せひとつとともに面白くもない駆け引きを仕掛けられた。

何が大丈夫って言うんだよ。結局は釘を刺して、問題を起こす前に辞退するか別の日程に変更しろってことなのか？　彼女たちにしても平気な顔で了解するのって、僕のことなんか別に鼻にもかけてないっていうのが初めから言いたいだけなのか？

淡い期待を膨らませた分、『安全パイ』か『お荷物』のように扱われたことにムッとしたのも若さなら、『変な疑いを持たれるくらいだったら、ツアー参加は取りやめる』と啖呵も切れず、中途半端な照れ笑いで同意の意思を表したのも若さだったのだろう。

とはいえ、女の子ばかりのツアーに男一人混じることの面倒さで、ダイビングショップのオーナーが刺した釘に引っかかって、もしこの時ツアーをキャンセルしていたら、十年後の僕は違う人生を歩んでいたかも知れない。

人生には自分でも気づかないところに大きな選択肢があって、やはり自分でも気づかないままに、どちらかを選んでしまうことがあるようだ。いずれにしても、その時点で漠とした期待や焦燥や妄想をかかえたまま、大学の留年だけを決めていた僕としては目の前に目標となるものが欲しい、ただそれだけの思いを頼りに、乱された気分に何も言い返さないままツアーの出発日を待つ方を選んだのだった。

二章

夜のバイトに慣れた昼夜逆転生活の身には一日の始まりのような時刻、こんな時間に平気で『おはようございます』なんて挨拶を交わすのは芸能界と水商売の世界くらいだって、バイトを始めた頃に先輩に教わったものだ。僕は普段通りのバイトに向かう気分で、旅行前の高揚感も持ちきれないまま、指定されたフェリーターミナルへとたどり着いた。

　来る日も来る日も今年の最高を更新しているという日中の気温は夜になっても下がる気配はなく、おまけに波止場ということもあって、いやでも湿気が身体にまとわりついてくる。そこへ追い討ちをかけるようにフェリーのディーゼル機関が吐き出す油っぽい熱気が混じり合い、緊張感の足りない僕の頭の中では神経のあらかたの部分が麻痺し始めていた。

　ぼんやり霞がかかったみたいな頭を休めるため、少しでも早く腰を落ち着かせたい。そう思って待合室の人混みの中に、座れそうな場所を求めて首を伸ばした時、ショップでの余計なひと言の残像が焼き付いたままの、あの茶髪のオーナーがベンチの上できょろきょろしているのとまともに目が合ってしまった。

「あああ、良かったよ。キミまでキャンセルされたらたまんないなって、ちょっと冷や汗ものだったからねぇ。いや、事情はきちんと説明するんだけど、ここは蒸し暑い上にうるさいからね。お茶代はこっち持ちで、どう？　あそこのパーラーが涼しいから、ちょっとつきあってくれないかな？」

　キャンセル？　事情説明？　……麻痺して回転しない頭に、想定外のワードの連続は全然整理がつかなかったけれど、『涼しい所』というひと言に誘われるままに、僕は低いテンションのままオーナーの少し薄くなった茶髪のあとをついていった。

「実はね、あの時の女子大生グループね、昨日急にキャンセルしたいって電話があってさ。なんでもリーダーっていうか、このツアーの参加を言い出した子がおとといから水疱瘡にかかったからって。いや、水疱瘡で行けないのはその子一人なんだけどね、ほら女の子のグループってリーダーが行かないって言い出したら全員右へなれ！になっちゃうとこってあるじゃない。もちろんこっちも昨日の今日で予定変更なんて手の打ちようもないから、『料金は全額返せないよ』って説得はしたんだけどね。そしたらいまの女子大生ってお金持ちなんだねぇ。全員『返金しなくていい』だって。頭に来たんだけど、まあこっちとしてはフェリーやホテルのキャンセルをしても赤字にはならないんでね。それに何よりキミ一人でもツアーに行ってもらえるわけだし」

このあたりで僕もようやく事の次第がわかってきた。

「ちょっと待って下さいよ。僕一人でツアーに行くって、どういうことですか」

「でもキミはもともと一人で参加の申し込みしてたんだから、どっちみち同じことでしょう。まあ、うちからのインストラクターは急遽別のツアーを組むということで同行はできないけど、もともと向こうでサポートするはずだったインストラクターは予定通り講習を受け持ってくれるし、マンツーマンだからかえって指導が手厚くなるっていうもんじゃない？　全然悪い話じゃないと思うけどな。……そう、今回の件ではキミにも多少なりとも迷惑をかけることになると思うので、キャンセル料との差額でホテルもランクアップしておいたからね。ほら、一人っきりのツアーなら何かと自由がきいていいじゃない。まあ、あの女子大生グループで目をつけてた子でもいたのなら残念だろうけどね」

このオヤジは必ず最後に余計なお世話も忘れない。

「そんなこと考えてませんでしたよ。講習の予定とか、ツアー全体の日程のこととか、その辺が申し込んだ内容と違わないんだったら僕はもちろん構わないですけど」

たぶんそれ以上抵抗する根拠は他になかっただろう。確かに僕個人的には女子大生グループのキャンセル前も後も、ツアーの予定が変わるわけではなかったのだから。いや、確かにホテルのランクアップは喜ぶべきかも知れないな。どうせならリッチな一人旅っていうのを今年の一大イベントに格上げしてもいいか。

「じゃあ交渉成立。フェリーが出るまでもうそんなに余裕がないから、お見送りとかないんだったら早めに乗船したらどうかな？　これがチケット一式とツアープログラム。この封筒は添乗用の書類やクーポンとかが入ってるから向こうのインストラクターに手渡してくれるかな？　明日の朝、フェリーの時間に合わせて迎えに来てくれるはずだから」

黙って飲み込むには少し喉元に引っかかるものはあったけれど、『旅行なんてトラブルを楽しめるかどうかで面白くもつまらなくもなる』としたり顔で話していた旅好きの先輩の顔を思い出しながら、僕は少し重くなったように感じるバッグをかつぎ直して乗船口まで進んでいった。

三　章

中学の修学旅行以来の船旅は浅い眠りの断続のあと、早朝いきなりサイレンのように響き渡った船内放送でうつろの世界から引き剝がされて、船酔いの方がよっぽどましと思えるほどに最悪の気分で締めくくられた。それでもアナウンスに促されるままに洗面所へ向かい歯磨きをして顔を洗ったら、これからの島での数日を想像する程度には気分もましになったものだった。

もう少し身体を動かしたくて上階のデッキへ上がってみると、さらに陽差しが強くなった代わりにTシャツの裾をはためかせて吹き抜けていく潮風が心地よくて、気分はさらに軽くなった。いや、もう『楽しい』と呼べる領域に半歩踏み込んだくらいだったろうか。水平線に少しずつ大きくなってくる島影とともに、期待感もどんどん大きくなってくるのがわかったところで、僕は気を取り直したことにして船室へ荷物を取りに戻ることにした。

結果的に添乗役のいない一人旅なので、チケットやクーポンといった書類を確かめておくのも自己責任の範囲。スポーツバッグのポケットを固く膨らませている封筒を取り出した時、僕はふと、それを誰に渡せばいいのか、まったく聞いてこなかったことに気がついた。現地の担当者……というかインストラクターの名前はもとより落ち合うための目印、それどころか男性か女性かさえも聞いていないじゃないか。

「ええ、何やってんだよ」

出発の時のターミナルのあの喧噪ぶりを思い出しても、ああいう場所で知っている顔を探すのすら至難の業なのに、顔も性別もわからなくてどうやって出会えるんだろうか。携帯電話が普通の学生レベルにも当たり前になるまでに、まだ何年もかかろうという当時、人と待ち合わせるには周到な打ち合わせか、さもなければ奇跡的なタイミングというものが絶対に必要だった。

大事なことに気づかなかった自分に腹を立てつつも、そういう重要な説明や段取りをすっ飛ばしたあの余計なひと言オヤジをその何倍も呪っているうちに、フェリーは接岸の準備が始まった。ゴゴゴゴ、ゴゴゴゴというひときわ高いエンジン音が空っぽの胃袋に響いてくると、僕は少し前までのワクワクした気分もすっかり萎えてしまっていた。

僕の気分の急降下とはお構いなしに、早くも乗客の大半は下船の仕度で、タラップへ向かって行列ができ始めた。僕も荷物が少ない分、立ち上がったらあとは手持ち無沙汰でのろのろと行列に加わるしか所在がない。いよいよターミナルの様子が船内からも窺えるようになって手すりの隙間から覗いてみると、手に手に旅館やホテル、ツアー名を書いたのぼりや紙切れを掲げた人並みが見えてきた。僕には泊まるホテルの名前もツアー名も（あるとすればだけど）わからないので、せめて受け付けたダイビングショップの名前か、奇跡的に僕の名前を書いた紙のひとつも掲げられていればと期待して、流されるままに行列の動きに身をまかせていった。

　やがて数分もしないうちに人の流れが速くなって、下船が始まった。通路からタラップ、桟橋へと人の流れのままに吐き出されながら、この人波の中で僕一人が行き先知れずの存在になったような不安が襲ってくる。こういう時に限って人間は重大な判断ミスをして不安をいっそう膨らませたり、本当に取り返しのつかない失敗をしでかしたりするものだ。初めての海外旅行で空港ロビーに出てきたそれこそ最初の一歩目で、いきなり置き引きや詐欺といった被害に見舞われるのも、こうした心理状態が招いてしまうのだろう。
　とはいえ、ここは海外ではないので、悪くても間違った宿泊先に連れていかれるくらいのこと。そう高をくくったものの、やはり不安には勝てなくて、祈る思いであちこちに掲げられた旗や紙やプラカードの中から、とにかく聞いた覚えのありそうなキーワードを探してみたけれど、やっぱり何も見つからなかった。

　くそっ！　あのお節介オヤジめ！　それに迎えのインストラクターも気が利かないじゃないか！　何よりあの女子大生グループのドタキャンがケチのつき始めだろ！　ついでにフェリーの中でずっとベタついてたバカカップルに夜中まで騒いでた悪ガキたちめ！　それから、それから……怒りをぶつける相手をひと通り頭の中で巡らせてみたが状況は何も変わらない。仕方がないので悪態をつくのはあきらめて、しばらくこの場で時間をつぶすことにした。下手に動くよりも行き先の決まった人たちがそれぞれの出迎えと合流して、ターミナルから捌けてしまうまで待つ。消去法で確率を上げようという苦し紛れの計算だ。とにかくそれまで少し座れる場所を探そうと人だかりを避けて歩き出した時だった。

「お疲れさま。サカグチくんね。お迎えに上がりました。失礼ですけど、私は気が利かない方じゃないわよ」

突然声をかけられたので、僕は思いっきり間抜けな顔で振り向いてしまったかも知れない。

見るとそこには清潔だけが取り柄のようにただただ白いTシャツと、組み合わせとすればこれもまったくひねりのない洗い晒しのジーンズにサンダル、籐編みのバッグといった、言葉では他に表現のバリエーションが見つからないくらいに特長のない恰好をした女性が立っていた。

でも、ありふれていたのは身につけているものだけで、僕は間抜けな顔のまま何秒間もまばたきができないほど彼女に見入ってしまっていた。目を見張るほどの美人というのでもない。歳は僕より十歳は上といったところだろう。ポニーテールにしているせいで額が広く、南の島の陽差しでつやつやと光っている。初対面の僕を安心させようと柔らかい笑顔を見せてくれている分、小鼻にシワが寄って年上のはずなのにかわいいという印象を与えてしまう。ぽってりした唇もその印象を助長しているに違いない。けれど、何よりも僕が目を離すことができなかったのは、小さな泣きぼくろの上で光を溜めて揺らいでいる真っ黒な二つの瞳だった。そう、両方の下瞼に泣きぼくろがひとつずつ、そのふくらみに縁取られて水分の多そうな瞳が真っ直ぐに僕の目を射抜いていたのだ。

「あ、えっと、インストラクターの方ですか？」

いま目の前にいる人をインストラクターという名前でしか呼べないもどかしさに腹立たしさすら感じて、僕の声は幾分うわずっていただろう。

「インストラクターって呼ばれるのも味気ないわね。ヨウコです。よろしく」

差し出された手に一瞬、僕が携えてきた書類のことかと思いながら、意に反して僕の右手は反射的に彼女の手を握り返し、意外とひんやりした印象が電流のように身体全体を支配した。

「預かってきてくれた封筒はホテルにチェックインする時に出してもらおうかな。ここで荷物をひっくり返すのも大変でしょうからね。とにかくここは落ち着かないから車の中で話そうか」

そう言ってしまうとヨウコさんはくるりと向きを変え、僕の目の前にポニーテールを揺らしながら人垣の間に道を作って歩き始めた。

どうも僕から何かを切り出すタイミングというものがない。というより、僕が考えたことが言葉になる前に彼女に伝わって、先にリアクションが返ってくるという感じだ。僕は間抜け面の上に思ったことがそのまま顔に書かれているんだろうか。だとすると第一印象からきわめて薄っぺらい人間に見えているんじゃないのか……。などと考えているうちにもポニーテールが見えなくなってしまっては大変なので、僕は慌てて我に返り、バッグをかつぎ直して彼女のあとを追いかけた。

四章

その後は言葉を交わす余裕もなく、あっという間に建物の外に飛び出した。遮るものがなくなった陽差しは容赦なく肌を焼き、早くも首筋に汗が流れ始める。摂氏五〇度は超えているんじゃないかと思われるコンクリートむき出しの駐車場を斜めに突き進むうちに、地面の熱はしっかりとスニーカーの底を通して足の裏まで伝わってきた。

「コンクリートの上は足元から暑くなるのよね。でもまだすぐには車に入れないからね。その辺でぴょんぴょん跳ねて待っててくれる？」

車列の真ん中でようやく立ち止まったヨウコさんは、本気とも冗談ともつかない笑顔でこちらを振り返ってそう言った。その向こう側、炎天下で彼女の帰りを待っていたのは芥子色のカルマンギアだった。

焼けついた車体になるべく触れないように手慣れた慎重さでヨウコさんが運転席のドアを開くと、後ろに立っていてもわかるほど、車内の熱気が足元まで流れ出してきた。

「役に立たないエアコンでもつけないよりはましだからね。少し効いてくるまで外で待ってればいいでしょう。そうそう、そのバッグはこっちのトランクに入れてもらおうか」

ヨウコさんはさらにアチチと言いながら慎重な手つきでフロントボンネットを開けてくれた。カルマンギアはフォルクスワーゲン・タイプＩがベースのリアエンジン車のため、フロントがトランクになっているのだ。前に回ってじっくり眺めると、イタリア人が設計した流麗なシルエットは、車に詳しくない僕の目にさえ美しい生き物のように見えてくる。

ヨウコさんとこの車の組み合わせが、僕にはものすごくマッチしていると感じられた。

「古い車だけどとにかくデザインが好きでね。ずーっと目をつけてたのをやっとの思いで手に入れたから、こんなヤツでもかわいいのよね」

車のことをペットか彼氏のように語るヨウコさんの横顔に、僕は軽い嫉妬さえ覚える始末で、会ってまだ十分と経っていない相手にすっかり心を奪われているのが自分でも赤面するほどにわかった。

「でもなんか、かっこいいですよね」

「ありがとう。じゃあ、そろそろ中に入っても良さそうだから、ホテルまでお姉さんと一緒にドライブしようか」

ヨウコさんの言葉の選び方は僕の気持ちの高ぶりを先回りして、いつも一定の距離を保つよう計算されている。ちょっと焦れて引いた時には、ちゃんと誘うような言葉も用意されているからだ。『お姉さんとドライブ』という言葉に気をよくして、まだ熱の抜けきらない助手席におさまったら、視線が地面にうんと近づいて、ようやく島に到着したことを五感で捉えられるようになった。

五　章

小気味いいエンジン音を轟かせて、ヨウコさんのカルマンギアは椰子並木の光の中を弾丸のように疾走する。意外と飛ばし屋なんだな……。少しずつ見えてくるヨウコさんの所作のひとつひとつに、僕は忠実に愛着を感じていく。エアコンの風で身体の表面の汗はあらかた引いたようだけど、心の中はどんどん汗ばんでいくようだ。ひとり居心地の悪い沈黙を守りながら、僕はやっぱり自分から話を切り出せないでいた。

「島で一人で暮らしているとね、淋しい思いやイヤな思いもするんだけど、そんな時はこうやって思いっきり走るの。ヒトが自分の足で移動するよりちょっとスピードを上げるとね、少しだけ未来に近づいて、過去のことを置き去りにできるような気がするんだ」

この人は初めて会ったばかりの僕なんかに、自分の弱さみたいなものを話そうとしているんだろうか。心の中の汗はまったく止まりそうにない。

「ごめんね。別にしんみりしたわけでもないんだけど、話を聞いてくれる人が近くにいるっていうのが、なんだかうれしくてね」

「いえ、ごめんなんて全然。気にしないでくださいよ。ヨウコさんが話したいことを話してくれたらいいですから」

「ふうん。結構懐の深いところを見せてくれるんだね、サカグチくんは」

からかわれたんだろうか、褒められたんだろうか。僕のこれまでの経験をすべて動員しても、いま交わした会話の評価を下すには、まだまだ時間が必要だった。

「さてと、もうすぐホテルに到着するからね。チェックインしていったん荷物を部屋に入れたら、遅めの朝ご飯にしましょうか。お腹空いてぺこぺこなんじゃない？」

言われてみれば確かに、フェリーで叩き起こされてからバタバタと焦ったりホッとしたりしていて忘れていたけれど、目が覚めてから何も口にしていなかった。いまもヨウコさんのカルマンギアに揺られてそれどころではないという気持ちの反面、何かお腹に入れておかないとこの暑さの中ではもたないなという、生体的な欲求も頭の隅っこでは感じていた。いや、それよりもヨウコさんに食事を誘われたことは、空腹を満たすという生理的な営みを超えて、何か違う次元の精神的な儀式にも思えてくるのだった。

「ああ、そうですね」

これがそんな僕の思いをすべて込めた返事だった。

「ホテルのレストランも悪くないんだけど、学生君には安くてお腹いっぱいになれる方がいいでしょ？」

その言葉で、僕の期待をよそにヨウコさんは生理的な意味での食事を誘ってくれたんだなということがわかった。もちろんそれくらいで失望することもないんだけれど。

さらに汗ばんだ心を気取られないようにと、続ける言葉を探しているうちに、カルマンギアは所々に程良く潮焼けの跡が残る白タイル張りの建物のエントランスに滑り込んでいった。スロープ沿いの植え込みには南国のものらしい原色の花が揺れ、強い陽差しを負けずに跳ね返している。

その時、この島に着いて以来ずっと目に触れていた木も花も生き物も、そして人間も、そのことごとくに前向きな「命」が感じられることに気がついた。それはこうして照りつける太陽に負けない力強さみたいなものを例外なく内側に秘めているからだと、その花が教えてくれたような気がしたのだ。

「さあ、着いたわよ。悪くないホテルだと思うからせいぜいバカンスを楽しんでね。……あ、もちろん講習はびしびしやるけどね」

そして何より誰より、いちばん力強い命を感じさせるのは、いま目の前で笑っているこの人に違いなかった。

六　章

車を降りて、ひとたびホテルのロビーに入ると、直接の陽差しが遮られ、うだるような暑さは一瞬で遠のいた。とはいえ、ききすぎた空調で一気に身体が冷やされるようなこともない。ホテルのスタッフもアロハか開襟シャツ一枚の軽い服装で、大きなホテルの仰々しさはないみたいだ。僕はなんとなく居心地の良さを感じて、今日初めてダイビングショップの金髪オヤジに感謝のひとつもしてやろうか、という気分になっていた。

見るとヨウコさんはフロントのホテルマンと何やらやりとりをしている。二人の表情から顔見知りらしいのがひと目でわかる。手招きされて出発の時に預かってきた封筒ごとヨウコさんに手渡すと、必要な書類やクーポンを選り分けて、チェックインの手続きをさっさと済ませてくれた。

「部屋は五階の五〇一号室だって。海の見える良い部屋をお願いしてあげたわよ」

真鍮のキーホルダーがついたルームキーはヨウコさんが僕に手渡してくれた。ホテルスタッフと顔見知りという恩恵に早速あずかれた形で、僕はフロントマンとヨウコさんの両方に曖昧な会釈をするのが精一杯だった。

「私は一時間ほどで戻ってくるから、荷物を置いたらシャワーでも浴びてらっしゃい。じゃあ、またここのロビーで」

必要なことだけ言うとヨウコさんは迎えに来てくれた時と同様、またくるりと背中を向けてホテルを出ていってしまった。一部始終を見ていたフロントマンも何事もなかったような顔で自分の仕事に戻っている。ヨウコさんとツーリストのいつものやりとりと思って見ていたか、僕が他とは違って特別な扱いを受けているのか。のろのろと愚にもつかない質問をしている場合でもないので、僕は一人でエレベーターに向かった。


ホテルの設備や内装は程良く使い込まれている風で、これも僕には好ましいものだった。客室階に上がると、廊下はさすがにひんやりしていて、徐々に汗が引いていく感じが心地いい。ヨウコさんが選んでくれた五〇一号室は廊下の突き当たりだった。少し期待をしてドアを開けるとそれはすぐさま現実のものとなって、あり余る明るい陽差しに一瞬目がくらんだ。

一歩足を踏み入れた部屋はそれこそ光に溢れていて、ドアを入ってすぐの通路にさえも光のシャワーは届いてきている。これがまさにオーシャンビューというやつなんだろう。目の前が一面ガラス戸になっていて、そのままベランダへと出られるようになっている。ぽっかり開けた空間が空とも海とも見分けのつかない真っ青に輝いていた。

僕はバッグをベッドの上に投げ出したまま、その青一色に吸い寄せられるようにベランダへと出てみた。あまりに光が強くて水平線の位置が定かではない。見下ろすと島を縁取る黒い溶岩に波が打ち寄せ、その輪郭だけが白く泡立っている。それ以外は青、青、青。なぜか僕はヨウコさんがこの光景を見せたいがために部屋を選んでくれたような気がした。この色を目の奥に焼き付けてからでないと、次のステップへは進めないよと言わんばかりに。

どれくらい海を眺めていたのか。ふと我に返ると、ヨウコさんが戻るまでにシャワーを浴びておかないといけなかったんだと気がつき、慌ててバスルームに飛び込んだ。せめて夕べからの汗が染み込んだシャツだけでも着替えておかないとヨウコさんに嫌われる。時間がないから髪を洗うのはあきらめて、身体だけぬるめのシャワーで流すことにした。

汗と潮けを流し終わったらバスタオル一枚を巻いて、ベッドに放り出したバッグから着替えを引っぱり出す。ヨウコさんがTシャツにジーンズだったのを思い出して、僕も生成のTシャツとジーンズにした。足元は裸足にサンダルでいいだろう。ここまで仕度をして腕時計をはめたら約束の時間を二分ばかり過ぎていた。慌ててルームキーと財布だけ手にとって、僕は部屋を飛び出した。

おかげでエレベーターがロビーに着いた頃にはまた新しい汗が噴き出してきてしまった。

七　章

「あれぇ、シャワー浴びたのにまた汗かいてるんじゃないの？」

ロビーで待っていたのは、薄いブルーの麻素材らしいワンピースに着替えたヨウコさんだった。籐のバッグ以外はすっかり装いが変わって、汗を流して走ってきた僕を物珍しそうに眺めている。

「あ、すいません。待たせちゃって。なんだかベランダからの景色に見とれていたら、仕度するのが遅くなってしまって」

どうして着替えたんですか？　とはさすがに聞けなくて、僕は言い訳の言葉ばかり探す始末だった。

「いいの、いいの。お腹空かせたままだとかわいそうだと思ったから早く戻ってきたんだけど、部屋でゆっくり休む方が良かったのなら私は出直してきてもいいのよ」

「いや、お腹は減ってるから食事に行く方がいいんです。ヨウコさんを待たせるつもりじゃなかったもんであせっちゃって」

「気にしないで。海を見てたんでしょ？　だからいいの。部屋の景色を気に入ってくれたっていうことでしょう？　だからいいのよ」

だから次のステップに進んでいいのよとは口に出して言ってくれなかったけど、この時初めて僕はヨウコさんの意図を少しだけ先回りできた気がした。というより、ヨウコさんの一次試験に合格したと言った方がいいのかも知れない。

「じゃあ部屋のカギはフロントに預けて、さっさと出かけましょうか」

ノースリーブのワンピースで露わになった細い肩にバッグを引っかけて、ジーンズの時よりは少しだけ控え目な足どりでヨウコさんは出口に向かって歩き出した。僕はフロントを経由してそのあとを追いかける。目印はもうお馴染みになったゆらゆらと跳ねるポニーテールだ。

　カルマンギアはエントランスの車寄せに停まっていた。普通ならＶＩＰ客用にとってある場所だろう。ヨウコさんは何喰わぬ顔で運転席に乗り込みエンジンをスタートさせる。僕は相変わらずの落ち着かない気持ちで助手席に乗り込んだ。

「この車はね、もともとこのホテルのオーナーのものだったの。だから持ち主が変わってもホテルの中では大きな顔ができるっていうわけ」

　云われなくこのホテルで大きな態度をしてるわけではないのよと、またヨウコさんの言葉が僕の考えを先回りしていく。

「さてと。で、サカグチくんは好き嫌いとかあるの？」

「いや別に。何でも大丈夫ですよ。やっぱりここだと肉料理よりシーフードっていう感じなんですよね」

「そうね、まわりは全部海だもんね」

「ていうか、僕は何でもＯＫなんで、ヨウコさんのお勧めに連れていってください」

「へえ、キミはそうやって人に決めさせるタイプなんだ」

「え？　いや、そういうんじゃなくて、島に来てまだ初めてだから何もわからないっていうだけで……」

「ふふ、冗談、冗談。ちょっと意地悪だったかな？　ごめんね。もちろん私がアテンド役なんだから、ちゃんと責任を持ってお連れしますよ。じゃあ私におまかせってことで」

僕はなんだか頭に血が上ったままだった。いろんな経緯があってこの島に一人でやってきて、こちらのインストラクターのマンツーマン指導という話、そのインストラクターというのが目の前にいるヨウコさんだった。フェリーの送迎はツアーのメニューに違いないだろうけど、その後こうして一緒に食事に連れていってくれるという。考えてみれば着いてから食事のこととかホテルからの移動とか、何もプランを立ててこなかった僕も間抜けな気がするけど、これは通常のツアーメニューなのか、サービスなのか。インストラクターというのが男の人だったら別に思い巡らせることもなかったんだろうけど、相手は魅力的な女性だ。あくまでビジネスライクにアテンドしてくれているつもりのヨウコさんに、僕が勝手にドキドキしているんだとしたら。これはメチャクチャ恰好が悪い。

「何を煮詰まった顔してるのよ。明日からダイビングの講習を始めたら何日後かには海洋実習でしょう。一緒に潜るっていうことは、ダイビングの世界ではバディといって運命共同体というくらい大切なチームなのよ。インストラクターと受講生っていっても海ではお互いに命を預け合うわけだからね。知り合って時間がないんだったら、いまのうち陸上でしっかりとコミュニケーションをとっておかないといけないの。わかった?」

最後は幼稚園の先生が園児に向けるような、優しげな眼差しで僕の瞳をのぞき込んでくれた。ヨウコさんはどうして僕の心をすべて読みとってしまうのだろう。ものすごく不思議さを感じながらも、いまの僕はヨウコさんの微笑みだけで十分にいい気持ちに浸りきってしまっていた。状況には何の変わりもなく、相変わらず頭には血が上ったままで。

八章

不思議だけれどヨウコさんと一緒に食事をした記憶が僕には残っていない。初めて僕を連れていってくれたのはアメリカの西海岸やハワイとかにありそうな、新鮮な魚介類を大雑把なグリルやボイルにして食べさせるレストランで、確かにリーズナブルな値段でお腹いっぱいになった。料理自体も島の気候にマッチしておいしいと思った。でも、実際にヨウコさんとテーブルに向き合って座り、ぎこちなく話をしながら食事をしていた記憶だけが、どこかに忘れてきたようにぽっかりと空白になっている。頭のメモリーに残っている映像は、お店に入っていくシーンとお店をあとにするシーンがダイレクトに繋がってしまっていて、その間のシーンというものが完全に消去されている。

後になって思い至ることもあるのだけれど、その当時、島にいた間には特に疑問に思うこともなかった。記憶というのは距離をおいて初めて『記憶』としての全体の輪郭が見えてくるものなので、その渦中に身を置いている間は、いま見えているものを感じることに精一杯で、全体が把握できない。いま『感じたこと』も残しておくのか、捨ててしまっていいのか、区別がつくのは先になってからの作業になるだろう。時系列で繋がっている出来事の中で、僕はあくまで当事者として記憶の中に生きているのだ。

いずれにせよ僕は午後になってホテルに戻り、もう一度シャワーを浴びてフェリーでとり残した眠りの続きを拾い集めることにした。

「明日は十時に仕度をしてロビーに下りてきてね。一日目はビデオとテキストの学科講習だから、今日はゆっくり寝て脳を休めておく方がいいわね。安全のために必要なことだから、最後にテストもしますからね」

ヨウコさんは昼寝をしなさいと言ったわけではないけど、ここでは優等生でいたいので、講習中に居眠りなんてしないためにも寝不足だけは解消しておきたかった。それに夜型の生活習慣はなかなか抜けないので、夜早く眠るというのに自信がないこともあった。

ヨウコさんとの楽しい時間を過ごして上気した頭には、今日二度目のシャワーが心地よく、今度は髪を洗ってすっきりしたこともあって、バスルームを出てベッドに身体を投げ出したら、ねらい通り眠りに落ちることができた。


短い眠りの間に夢を見た。

僕は真っ暗な闇の中をどんどん落ちていく。そのスピードがゆっくりなので、それが水の中だと感覚でわかる。僕は少しパニックになって手足をバタつかせ、何か触れるものを探してすがりつこうとするけれど、手は虚しく水を掻くばかりだ。

小さな頃から水は苦手な方だった。まともに泳げるようになるまで、小学校の水泳の授業では、いつもこんな風に水の中でパニックを繰り返すばかりだった。いつだって最初に手に触れたものを摑んで立ち上がると、世の中は急に安定を取り戻す。そうして水から顔を上げて冷静に周囲を見渡すと、まだスタートから五メートルも進んでいない場所だと気づいて恥ずかしさがどっと襲ってくる。息を止めて歩くだけでも、もう少し遠くへは行けるはずなのに。でも水の中は闇雲に怖い。足の下に揺るぎない地面がないという感覚は、僕をいつもパニックへと陥れる。そんな思いは中学に入って泳げるようになるまで引きずっていたのではないだろうか。

水の中は怖い、水の中は怖い、水の中は怖い……。明日からダイビング講習を始めるという段になって、どうして急に昔の不安が呼び覚まされたんだろうか。何か不吉な予感でも心に引っかかっているんだろうかと、久々に感じる居心地の悪さで目が覚めたら、あたりはすっかり夕暮れの風情になっていた。

九章

南の島とはいえ、夕暮れ時ともなるとさすがに気温もピークを過ぎてきたようで、体温より少しは冷たいに違いない潮風が、僕の部屋に海の香りと少しばかりの涼やかさを残して通り抜けていった。いま見た夢のイヤな感じを引きずりながらこのままじっとしている気にもなれなくて、僕はその海の残り香を頼りに潮風を追いかけることにした。

そう言えば島に着いてからはずっとヨウコさんの車で移動していたので、自分の足でホテルの周辺をうろつくこともしていない。海も車窓やホテルのベランダから眺めるばかりで、波打ち際にすら足を運んでいなかった。これだけ四方を海に囲まれて、これだけ豊かな自然が目の前に拡がっているというのに、人間は自分の意思で歩き出すまで本当に自然に触れることはできないということなのだ。

とにかく海岸に出て、波の音をもっと間近で聞きながら、頭の片隅に居座っている不安な気持ちを紛らせてしまおう。そんな淡い期待がとても良いアイデアのように思えて、僕はホテルのプライベートビーチへと続く急な小径を一心に下り始めていた。

初め平坦でカートが走れるくらいに広くアスファルト舗装までされていた道は、ホテルの裏側の斜面に出る手前で下草むき出しの小径に変わり、坂になった道をもっと下っていくと、勾配の急なところでは丸太の階段という設えになっていた。さらにその下は尖って危険な部分だけ申し訳程度に削ったような自然のままの岩場が続き、「これは誰もが気軽に利用できるようなプライベートビーチじゃないな」ということが勘の鈍い僕にもひしひしと感じられた。

けれどせっかくひきかけた汗をもう一度かき直して下りただけのことはあって、めったに人が寄りつかない手つかずのままの小さなビーチは、オレンジに染まり始めた太陽に照らされて、まるで岩場に守られた黄金の大地といった美しさだった。

いま地上で暮らす生物の祖先が初めて海から陸地を目指した時、やはり目の前にはこんな小さいけれど目を奪われるほどに美しい大地が拡がっていたのだろうか。そうでなければ命懸けで、呼吸器官を変えてまで、前進するリスクを負えるものではないと思う。

そうしてようやく手に入れた陸上の暮らしには、どれほどの喜びがもたらされたのだろう。海を捨てた彼らに後悔はなかっただろうか。

陸にあがってから数万年、いや数億年後の僕の遺伝子の中には果たしてその喜びと後悔と、どちらの想いが多く残されているのだろうか。喜びの記憶が強いから身体は海へ帰ることを拒み、水への恐怖を募らせてしまうのか。では海を自在に泳ぎ回ることのできるタイプの人間は、実は陸上での生活をどこかで悔やんでいるということになるんだろうか。

そんなとりとめもない考えを巡らせていたのはほんのわずかの間だったはずなのに、黄金の砂浜とオレンジの太陽を反射してまぶしく輝いていた海面は、いつの間にか色合いを失い、辺りはうっすらと闇のフィルターが覆い始めていた。

そろそろ引き返さないと足元の暗い中、急な斜面を登っていくことになりそうだ。太陽が海に沈み切るのを見届けたいという誘惑と戦いながら、僕はいま来た岩場を登り始めた。

そしてやっとの思いで薄暗がりの丸太の階段を上がり切ったところで、僕は波打ち際にまで行きながら指一本海水に触れていなかったことに気がついた。僕がやっていたことといったら海を眺めて物思いに耽るだけ。なんとも間抜けな気がした反面、そのことで水への恐怖心だけが洗い流されて戻ってこられたようにも感じていた。

今日のところはこれくらいにしておこう。何かまだ次のステップへ進む時ではない気がして「これでいい、これでいい」とつぶやきながらアスファルトの舗装路まで帰ってきた。気がつくとすっかり庭の照明にも灯が入って、ここが人工的に造られたエリアだということをことさら主張するように、あちらこちらに光のバリアを形作っていた。

十　章

潮風と汗を吸い込んだTシャツを着替えるついでに、部屋に戻ってもう一度シャワーを浴びた。今度は少し温度を上げて、ゆっくりと身体に熱をしみ込ませてみた。そうするとようやく一日の終わりという感じがしてきて、軽く夕食をとって今日を締めくくろうかという気分になってきた。

もともと夜のバイトをしていることもあって、ひとり酒場で食事をすることに居心地の悪さは感じない方だ。ホテルを出かけて島の繁華街で怪しげな店に飛び込むのも旅の楽しみと言えるかも知れない。とはいえ旅先の情報をまったく仕入れてこなかった中途半端な旅人としては、目指す繁華街がどこにあるかさえわからない。いまから時間をかけて島内をうろつく気にもなれなかったので、ホテルを出て最初に見つけた店に入ることに決めて、簡単な身繕いだけして部屋を出た。

ホテルのロビーを抜けてエントランスのスロープを下っていくと、やっと人工的な光のバリアから逃れることができた。

守られていたものから外へ飛び出してみると、いままで遠くに感じていた島の息づかいが、直接皮膚に吹きかかってくる気がする。光の届かない闇は生暖かく湿っていて、少し危険な気配も漂わせている。その中に、どこかに引き込まれる深い穴が隠れていて、一度踏み込んでしまうと二度と戻ってこられないような、何か得体の知れないものに通じている闇がありそうだ。街灯の狭間の光が届かない危険なエリアを数えながら黙々と足を運んでいると、僕の心臓は不思議と怖さよりも何か期待感のようなもので鼓動を早めるのだった。

五つ目の闇を越えて角を曲がったところで、街灯の光とは違う、もう少し温かみのある光の輪郭が目にとまり、僕の足をゆるめさせた。

「店の看板かな」

ランプの灯でもないのに風にゆらゆら揺れているように見えるのは、電照の看板に取りつけられた裸電球の寿命が近づいているせいだろう。頼りなげな光の中に『Ｓｅａｍａｎ』の文字が浮かび上がっている。この場所に似合いすぎの名前、風情は絵に描いたような場末のスナックという感じだけれど、まあ、おつまみ程度なら口にできそうだ。『ホテルを出て最初に見つけた店』の法則に則って、僕は所々に塩の結晶の跡が残る木製のドアを押し開けた。

これには正直、闇の中から猛獣が襲いかかってきたよりも驚いた。看板に負けず、寿命寸前の裸電球の列で照らし出された店内はそこそこ雰囲気も良く、僕を不安にさせる要素は何ひとつ見つからなかったのだけれど、ふと目をやったカウンターの向こうだけ、予想もしていなかった展開になっていたからだ。そこには、つい何時間か前まで僕の心を掻き乱し続けていたヨウコさんが立っていたのだ。

僕という人間は本当に驚くと声を上げることもできなくなるらしい。目だけ見開いたまま、石のように固まっている僕に向かって、助け船を出してくれたのはやはりヨウコさんだった。

「こんばんは。お昼寝はできたの？　今日はあまり夜更かしはさせませんからね。食事をしたら早めにホテルに帰って明日の講習に備えないといけないわよ」

何だってお見通しだ。僕はその声にやっと金縛りが解けて、おずおずとカウンターの席についた。

「いや、ホテルを出て最初に見つけたお店で晩ご飯を食べようと思ったもので」

「そうでしょう。ホテルから歩いてこられるお店っていったら、そりゃうちくらいしかないものね」

「あ、そうなんですか。僕はこっちに来る前に全然下調べをしてこなかったものだから、そういうこと知らなくて、ほんとに偶然で」

僕はいま何かまずいことをしているのか、この店に入ったことをなぜ言い訳する必要があるのか……。頭の中では何の役にも立たない言葉探しが全力で続けられていて、とにかくこの場の居心地が悪いのをなんとかしようと、そこに気の利いた台詞が書かれているとばかりに、慌てて目の前のメニューを手に取った。

「何か簡単なものでも食べられればいいかなと思って来たんですけど」

「でも、そのメニューを見ても飲み物しか書いてないからねえ。スパゲッティとサラダくらいならできるから、それでいい？」

「ああ、もちろん、それで十分です」

僕としてはこの際何を頼んでも同じことだった。とにかく気まずい雰囲気（それは僕が勝手に引き起こしているだけだけど）を埋めてくれるのなら、フレンチのフルコースでも何でも、目の前に並んだ皿に集中して時間をやり過ごすことの方が、よっぽど気が楽と思えただろう。

「飲み物は？　ビールを飲むんだったら後ろの冷蔵庫から勝手に出して飲んでいてね」

それだけ言ってヨウコさんはカウンターの奥へ消えてしまった。他に飲み物を選びたいなら手にしたままのメニューを見て注文すればいいんだろうけど、僕にはこれ以上ヨウコさんに手間をかけさせることが愚行のように思えた。言われたように壁際に置かれたガラス扉の冷蔵庫から缶ビールを一本取り出すと、席に座り直し、グラスにも注がず一気に息が続く限り、その苦い泡の液体を渇いた喉に流し込んだ。

「どうしてダイビングのライセンスを取ろうと思ったの？」

ふと我に返ると、僕はきれいに平らげたスパゲッティとサラダの皿を膝の上に重ねて、店の裏のベンチにヨウコさんと並んで座っていた。通りに面した入り口の反対側にこんな小さなテラスがあったとは気がつかなかった。足元のコンクリートはすぐ先で岩場に同化していて、その向こうには昼間のエネルギーを溜め込んだような静かで暗い海が広がっている。

「休みに入る前に大学で偶然、ダイビングショップの合宿講習のチラシを見つけて……」

僕は自分でもそう信じ込んでいるこの旅のきっかけを説明しようとして、ヨウコさんの黒くゆらめく瞳の中に『もう一度、ほんとうの理由を』と訂正を促すシグナルを感じて、記憶の扉が開くままに、意識の奥に眠っていた本当の答えを言葉に置き換えていった。

十一章

「まだ小学校に上がる前、近所の幼なじみの家族と一緒に海水浴に行ったことがあるんです。その時僕は一人で沖に流されてしまって……」

自分でも最後に思い出したのがいつのことか忘れてしまっているような、淡い淡い記憶の断片だった。

その当時の子供心には理解できないようなデリケートな家庭の事情というものがあって、僕は自分の両親に連れられて遊ぶことより、近所の家族や親類一家と休日を過ごすことが多かった。その海水浴の日も、自分一人の着替えを小さなバッグに詰めて、幼なじみの父親が運転する車の後部座席に座らされて出かけたはずだった。

幼なじみの家族も、親類の家族も、小さな僕にはとても親切に接してくれ、自分の子供たちと同じようにというより、かえって手厚くかまってくれたと思う。でも本当の家族の一員じゃない僕にとってみると、かけてくれる言葉や差し出してくれるお菓子がすべてむき出しの状態ではなくて、薄皮一枚分のよそよそしさに包まれているのが感じられ、どんな場面であってもわがままを言わず、大人しく、遠慮をして、できるだけ大人たちに手間をかけないように振る舞うということが、身に染み込んでしまっていた。それはそのまま僕の人格として身に付いてしまうのだけれど、とにかくその日の海水浴でも、なるべく幼なじみの両親たちを煩わせないようにとだけ考えて、子供には少し手に余るタイヤチューブ製の貸し浮き輪につかまって、ひとり大人しく遊んでいたのだった。

黒いゴムの浮き輪は濡れた手にはツルツルと滑りやすく、僕は身体から離れないように一生懸命浮き輪にしがみつくことだけに集中していたと思う。そして気がつくと、つま先立てても足が届かない所まで流されてしまっていることに気がついた。でもまだ砂浜はそれほど遠くはなくて、パラソルの日陰に座っている幼なじみの母親の姿ははっきりと見えていた。恐らく声を上げれば彼女の耳にも届いただろう。しかし、そんな時子供は何と叫ぶだろう。『お母さん！』とか『お父さん！』とか声を振り絞るのが本能と言えるだろう。ところがその時僕の目がとらえていたのは『○○くんのお母さん』だったのだ。

何て声を上げればいいのか。それにこんなことで大騒ぎしたら迷惑をかけてしまうんじゃないか。波間に揺れながら小さな僕は、そんなことに思考を奪われてしまっていた。そしてとうとう、浜辺の喧噪も届かない、自分の荒い息づかいと波の音しか聞こえない沖にまで流されていたのだった。

もうその時点で僕は半分溺れていたも同然だったろう。足の下には底知れぬ海があるだけで、いま浮き輪から手を離せば僕の小さな身体は、どこまでも水の中を沈んでいくに違いない。恐怖を感じると息さえも絶え絶えになり、苦しくなって口を開けると容赦なく海水が飛び込んでくる。

幼稚園児の心には未だ具体的な死のイメージはなかったはずだ。ただ息ができなくなることの怖さだけで、僕は十分に気を失いかけていたのだ。陸と海は必ずどこかでつながっているのに、陸でできていた普通のことが海ではいっぺんにできなくなる。僕は正真正銘の人間の無力さを感じて目の前が真っ暗になった。そして意識はそこで途絶えてしまう。

次に重い目蓋を開いた時、目の前に見えたのは輪になって覗き込む幼なじみの一家と、見覚えのない何人かの男たちの顔だった。

「結局、誰がどんなふうに助けてくれたのかは僕も覚えていないし、もう誰に聞いてもわからないと思うんです。もちろんそのことで僕はとても水が怖くなったんだけど、それはただ見るのも怖いというような恐怖ではなくて、畏れというか神秘というか、何か得体の知れない力を知らされた経験として心に刻まれたんです。いま考えれば、僕はその時海の中で初めて命の重さに触れたんじゃないかと。普段ふつうに暮らしていて感じることのない『死』が、海の中では僕の身体の外側にびっしりと存在していた。それが身体の内側まで入ってきたら僕は命の重さを失って死んでしまうんだけれど、その時海は僕の中まで入ってこなくて、逆に僕の『重さ』くらい軽々と押し上げて『生』の方へと連れ戻してくれたんじゃないかと。その時いわゆる肉親という絶対的な安心が近くにいなかったから、余計に僕は無力でちっぽけな人間として存在していて、だからもっと大きな、もっとむき出しの海の意志によって生かすことも殺すこともできたんだ。それを教えられた気がするんです。それでいつかもう一度、その不思議な力を、海の意志を確かめたいと思うようになって。それにはちゃんと溺れない準備をして海に向き合わないといけないなと思って、子供の時には潜水艦に乗って行けるんじゃないかと考えたり、それがあまり現実的な方法じゃないとわかるようになってからはスキューバダイビングなら大丈夫かなって」

初めてひとまとまりの記憶として紡いだはずなのに、ずっと僕の心の中に棲んでいたように、その想いはすらすらと言葉になってヨウコさんの前に吐き出されていくのだった。

また次の瞬間、我にかえると今度はホテルのベッドの上で寝返りを打っていた。

「えっ？　何？」

多少空きっ腹だったとはいえ、缶ビール一本で記憶が飛ぶほど酒に弱いわけではない。バイトの先輩に連れられてバーやディスコに行った時はビールより強い酒も飲んだし、そのまま朝まで遊んでいても結構平気なはずだった。なのに、ヨウコさんの店で緊張のあまり前後不覚になってしまったか。いや、多少のどが渇いた感じはするものの、頭が痛むでもなく胸がむかつくでもなく、二日酔いのような不快感が身体に残っていない。

僕の子供の頃の海で溺れかけた話をした後、ヨウコさんに何か言われたはずなのに、そして僕もまたいろいろな想いを話したはずなのに、そこから先のことが淡いベールで覆われたようにぼんやりしている。

もう少し冷静になってくると、経緯はどうあれ、じゃあ記憶がなくなっている間に僕はヨウコさんと何を話し、どんな時間を過ごし、第一どうやって店を出てここへ戻ってきたのか。そこが気になってくる。そして一度そう思い至ると僕は恥ずかしい気持ちで爆発しそうになり、穴がないのはわかっていても、とにかく布団の中に頭まで突っ込んで、とりあえず視界を真っ暗にするぐらいしかできなかった。

絶対に取り返しのつかない失敗をした。そうに違いない。あんな思い出話をするんじゃなかった。僕の臆病さ加減をすっかり曝しきってしまったというだけだ。だから性格は優柔不断で軽薄で、そのくせ内面では細かなことを気にしていろんなことで思い悩んでしまうんですなんて、言い訳したって何の役にも立たない。ヨウコさんには余計子供に見えてしまっただろう。そう、あの溺れた時のままの意気地なしの子供に。

そんな後ではもう二度とヨウコさんに顔を合わせられない。ここへ来てたったの二日で全部台無しにして終わってしまうのか。ああ、僕はいったい何をやってしまったんだ。

寝ぼけた頭の中の当てどない堂々巡りを中断させてくれたのは、モーニングコールの電話の音だった。反射的に受話器を耳に当て、機械が合成したメッセージ音声で現在時刻を確認しようとしたら、聞こえてきたのはヨウコさんの明るく弾むような声だった。

「まさかまだ寝てたわけじゃないでしょうね。わかってると思うけど、あと三十分ほどで講習を始めますからね。今日はホテルの会議室でビデオを観るから、五分前にはロビーに下りてきてね」

僕は昨日何をしたか覚えていないとか、もし迷惑をかけたのなら謝るとか、事と次第では恥ずかしくて顔が合わせられないとか、結局は何も言葉にできなくて、ひとこと『はい』と返事をするのが精一杯だった。

遅れないようにと念を押されておいて講習をすっぽかしたりしたら、いよいよ人間性まで疑われかねない。僕は全身に電気が走ったように跳ね起きると、十分でシャワーを浴びて五分で歯を磨いて髪を乾かして、残り十分で身支度と講習に必要な筆記具などの準備をして慌てて部屋を飛び出した。

「おはよう。また今日も汗を流しながらの登場ね」

「すいません。あの、夕べは、あの後……」

「夕べは星が綺麗だったわね。私も久しぶりにいつまでも空を眺めてたわ。サカグチくんも首が痛くなったでしょう」

「え？　いや僕は別に」

ロビーから会議室に向かうわずかな間では、ヨウコさんの口からも夕べの謎は何ひとつ解けなかった。

「この会議室で午前中いっぱいビデオを観てもらいます。午後はテキストを使った学科講習。講習の最後に簡単な復習のテストをしますからね。はい、これが講習全体のカリキュラムと、こっちがテキスト」

結局万事がこの調子。ヨウコさんとはこれ以上プライベートなコミュニケーションをとることが難しくなり、僕はただただ講師に気に入ってもらえるような良い生徒になることに集中して、気持ちをなんとか切り替えた。

十三章

運転免許の教習所ぐらいのことを想像していた僕には、ダイビングの学科講習が肩すかしをくったように簡単に思えて、一日目の復習テストを終えた頃には緊張感がすっかりなくなってしまった。まあ、それには講師がヨウコさんというシチュエーションが寄与していることは言うまでもないだろう。スキューバの歴史、ダイビングの世界での一般的なルール、事故や危険に対する予備知識、コミュニケーションの取り方、器具や装備についての説明と使い方……。テキストに書かれていることに沿って話を聞きながら、その合間に海という自然とのつき合い方、海に棲むあらゆる生命への尊敬の念。その海に対して、いままで人間が犯してきた過ちや失敗、これからできること、努力していかなければならないこと……。少し気持ちが入り過ぎるようなところもあったけれど、ヨウコさんのような仕事をしているのなら、少しくらいナチュラリスト的な思想が強くても何の不思議もない。いや、むしろ僕は改めてヨウコさんの話から気づいたことや感銘したことも数多くあって、学科講習という枠を超えてその考え方にものすごく共感することができた。

講習後のテストは簡単なものだったけれど、装具のところで覚え間違いをしていて九十点だった。ヨウコさんによればその辺の設問は、実際に装備を触りながら覚えていけば自然と身に付くことだから問題なし。明日もう一度学科講習のおさらいをして、最後のテストで八十点以上をとれたら学課は修了できるとのことだった。

僕はヨウコさんに褒められたような気になってちょっと気が大きくなり、何か質問は？と聞かれたタイミングを見計らって、今日一日聞けなかったことを最後に訊ねてみた。

「質問ではなくて夕べのことなんですけど、僕、なんだか酔っぱらってしまったのか全然記憶がなくて、ヨウコさんのお店で何か迷惑かけてしまってないかと、気になってたんですけど」

「夕べのこと？　サカグチくんが覚えてないんだったら、それは覚えておく必要のないことだったんじゃない？　私は何も迷惑をかけられた覚えはないから、そんなことだったら気にしないでね」

「はあ、そうだったらいいんですけど……」

結局僕が何をしたのかしなかったのか、その肝心のところはわからないままで、夕べの一件は軽くいなされてしまった。

「でも今日は都合でお店を開けないつもりだから、晩ご飯は他を当たってね」

「あ、今日はホテルで食事をしておとなしく寝ようと思っていたので。明日は早めに起きて、ちゃんと朝ご飯を食べておきます」

「そうね、明日はビデオを観ながらパンをかじるっていうわけにもいかないものね」

今朝は朝ご飯抜きで慌てて講習に入ったのをヨウコさんには見抜かれていたようで、会議室に入るとルームサービスの朝食が用意されていたのだ。ホテルの人が気を利かせてくれたのかな、と思っていたのだけれど、考えてみるとホテルのサービスにしては行き届き過ぎている。ひょっとするとヨウコさんが用意してくれたのかも知れない。そのヨウコさんの許可をもらって、朝は何の疑問もなくサンドウィッチをほおばっていたけれど、ここにも何か目に見えない手際があったようにも思えてくる。こうして時間が経つほどに、話をするほどに、先回りをされるほどに、僕にはヨウコさんが不思議な力を持っているとしか考えられなくなり始めていた。

「じゃあ明日も十時にロビーでね」

僕のもやもやしたものには一切触れないで、ヨウコさんはそう言い残してさっさと会議室を出ていった。


そんなヨウコさんに言わせれば、講習の二日目は覚えておく必要のない一日だったのだろう。結果として、僕は学科講習をパスして翌日からのプールトレーニング、海洋実習に進めることになったが、そのプロセスのディテールは、また編集で飛ばしたように消えてしまっている。

ただ一日目も二日目も、夕方、日が沈む前の時間には、あの黄金の砂浜で色の移り変わりを眺めながら、海への畏れを改めるとともに、自分はもう一度海に生かされることができるのか。自分の中の遺伝子はいったい陸で暮らすことを後悔しているのか、喜んでいるのか。問いかけることだけは日課のように続けていた。それが海洋実習に入っていく前の大事な儀式のように。

そうして講習は三日目に入った。

十四章

その日からは水着に着替えてホテルのプールで集合だった。十時少し前にプールサイドへ着くと、ウェットスーツ姿で装備を点検しているヨウコさんがいた。

「おはようございます。今日もよろしくお願いします」

考えてみればこの島にやってきて、僕は今日初めて海に入っていくし、同様に海の中のヨウコさんというのも初めて目にするわけだ。僕にはそれが何かしら特別な、記念すべきことのように思えて、今日のヨウコさんの姿はしっかり記憶に焼き付けておかないといけないという気がした。

「おはよう。いよいよ実際に装備をつけて実習をするので昨日までに覚えたこと、しっかり思い出しながらついてきてね。じゃあさっそく器具、装具の種類と点検、扱い方の復習から始めましょう」

午前中は学科講習の復習とプールに入ってシュノーケリングのトレーニング。呼吸の練習とフィンの使い方を何度も繰り返した。水の中に入って気持ちが少し不安になったのは、当たり前だけれどヨウコさんの声が聞こえなくなるということ。自分が吐き出す泡や水を攪拌する音が耳に溢れ、途端に自分一人の世界に放り出されてしまう。まだプールの水面で顔を浸けているだけの状態なら、少し頭を動かせば外界に戻ることができるけれど、完全に頭を潜らせてしまうと、明らかに五感のひとつが奪われたことを実感してしまうのだ。

　そしてそれは、あのしっかりと命の重さを自覚した時の感覚と何ひとつ変わりがない。また僕は『死』とウェットスーツ一枚で触れ合うことになるのだ。


「フィンの使い方もうまくなったわね。呼吸法もだいたい要領を覚えられたみたいだから、午後からはフル装備で海に入りましょう。ヨットハーバーの桟橋の所へ移動するので、一度身体を乾かしてから装備を持って、エントランスで待っていてくれる？　私はワンボックスを回してくるから」

　いよいよ海洋実習だ。不安もあるけれど、ヨウコさんが一緒だから余計な心配もしなくていいだろう。僕が深層心理で海と死を結びつけていることは、ヨウコさんもそれなりに理解してくれたはずだ。その上で海に出ようと言った時のヨウコさんの表情が、いままでになく輝いた気がしたので、こちらも妙なトラウマに縛られる必要がない気がしてくる。我ながら僕の頭の中は実に単純な構造になっているようだ。記憶の底から目を覚ました何ものかが、ヨウコさんの笑顔ひとつで、いまは克服できた気になっていたのだから。

古びた白のワンボックスが玄関のスロープを上がってきた。ダイビングポイントへの移動にはこんな平凡な車の方が雰囲気が合う。目の前に停車したところでスライドドアを開けて、なんだか手慣れた風情で装備を積み込む。一端のダイバー気取りで自分も乗り込み、ドアを内側から閉めたら間髪を入れずヨウコさんが車を発進させた。

「今日一日桟橋付近の安全な深さのところで練習をしたら、明日は東の沖のポイントまで船を出してもらって本格的に潜りましょう。本当はもうちょっと本数を重ねてからの方がいいんだけど、季節にはちょっと早い台風が発生したっていうからね。台風のコースにもよるけど、二日先だと潜れなくなるかも知れないし」

台風のことは全然知らなかった。午前中のプール講習があっさり切り上げられたのはそういうことだったのだ。僕の飲み込みが早くて予定以上に先へ進んだわけではなかったのか。ついさっきのダイバー気取りが一瞬で萎んでしまった。

「それもサカグチくんの覚えがいいから、こうやって無理がきくんだからね。この調子でお願いいね」

　ヨウコさんはまた僕の心の中をかすめてフォローの言葉を投げてくれる。


　ヨットハーバーまでは十分もかからなかった。ヨウコさんは水際まで車を進めると、岸壁の先の海に向かって斜めに沈んでいくスロープの入り口あたりにバックで停車した。

「はい、じゃあ装備を下ろしてもう一度初めから点検をしましょう」

　言われるままに僕は二人分の装備を荷台から下ろし、タンクの検圧、レギュレーターの取り付け、バルブチェック、ウェイトの調整、ＢＣＤ（浮力調整ジャケット）……と順に点検をしていった。確かに安全のための点検ではあるのだけれど、こうしているうちに神経は作業に集中していき、余計なことを考える余裕がなくなって心が落ち着いてくる。当たり前のことに手を抜かず、何度も何度も単純な作業を繰り返していくことの重要性というのは、こんなところにもあるものだ。

　ヨウコさんは僕の作業を少し待っていてくれて、僕が点検終了して装備をすべて身につけたら、手を引いて車を停めた先のスロープをゆっくりと海に向かって歩き始めた。

十五章

午後いっぱい、僕は水中での耳抜き、マスククリア（水中マスクに入った水を外に出すテクニック）、中性浮力（水中で一定の水深にとどまるテクニック）、フィンワーク（足ヒレを使ったキックなどのテクニック）、装備の着脱など、ヨウコさんの指導の下に基本実習を繰り返した。その間のヨウコさんとのコミュニケーションはバディコンタクトと呼ばれる目と、体の動き、指のサインだけ。初日に言われたバディとして十分な意思疎通をはかれるようにすることも、僕の中では重要なテーマにしていたつもりだった。

僕としてはその成果もあって、海から上がってきた時には、ヨウコさんと少し気持ちが通じ合った気がしていたのだけれど。

「最後は少しダイバーらしくなってきたかな？　基本実習はこれで合格。明日は移動の時に話したように、東の沖のポイントでトライアルしましょう。外海だし水深もずっと深くなるから、今日よりはうんと厳しくなるけれど頑張りましょうね」

「あの、僕はヨウコさんのバディとしては合格ですか？」

「そうね、それを確かめるために明日のダイビングプランを考えているって言えばいいかな？」

話の流れとはいえ、僕なりにやっとの思いで切り出した質問にそう答えて、ヨウコさんはいつになく真面目な目をした。

この時僕は、自惚れなんかではなく、ヨウコさんが僕に対して、ダイビング講習の一生徒以上の位置づけで見ているという確信を持った。それが恋愛とか友情とか、どういう種類のものなのかは判然としないけれど、講習が終わってライセンスを取ったらそれっきり、ということは絶対にないと思えたのだ。

僕自身にしたってそうだ。ヨウコさんに対して憧れとか慕う気持ちとかは強く持っているけれど、すぐに男と女として関係が築けるかというとそんな自信はない。でも何かしらこれからも続いていくものを感じないではいられないということだ。

明日、次の、そして最後の試験に合格すれば、次のステップに進むことが許されて、ヨウコさんとこれからの関係を築いていけるに違いない、いまはそこまでで十分だった。

「じゃあ明日も十時にホテルまで迎えに来るから、時間になったらエントランスの所で待っていてちょうだいね。明日一日、お天気が変わらなければいいんだけどね」

ヨットハーバーから十分足らずの道のりは、明日のことをいろいろ思い巡らせるには短時間すぎた。僕はヨウコさんとろくに話もできないまま、明日が最後のステップだと気づいていること、そして僕の決意のほども伝えられないままに、走り去る白いワンボックスを見送るだけだった。

「明日、僕は合格できますか？」

その日に限って夕方になっても生暖かいままの風に向かって、僕は生ぬるい質問を投げかけてみた。

十六章

また同じ夢を見ていた。真っ暗な闇の中を、水の中をどんどん落ちていく夢。自分が放り出された状況はいつもと同じ。でも必死にもがく僕自身だけが、頭の片隅で今日のダイビングのことを意識しているのがわかる。それでも朦朧とした頭の中で「水の中は怖い、水の中は怖い」と口ごもりながら目を覚ます。

今日は僕にとって、僕とヨウコさんにとって最終ステップの海洋実習の日。その朝にこんな夢で起きるなんて、ちょっといやな感じがした。でも時計を見ればのろのろと支度をしている場合ではない。約束の時間に遅れることの方がもっといやな気分になるだろうと、頭の中のもやを振り払うように、まずはシャワーに向かった。

今日は体力的にもキツイだろうと、昨日のヨウコさんのアドバイスを守り、朝食もしっかり適量を摂って身支度を終えたら約束の時間の十分前だった。


ヨウコさんが到着したらすぐに出発できるように、早めにと思ってホテルの車寄せの所まで出てみると、夕べと同じ生暖かい風が少し強まってきているみたいだった。それでも日差しは夏の晴天らしい強さでしっかりと建物の影を作っていて、その黒い部分を目で追っていくと、ちょうど影が途切れたホテルのゲートの入り口から白いワンボックスが現れた。

「おはよう。やっぱり台風はこっちに向かってきてるみたいだけど、今日の実習は予定通りできると思うから、集中して事故のないように頑張りましょうね」

台風とか事故とか、そんな言葉に初めて気がついたように、僕は一瞬ひやりとした。でもそんな潜在的な不安が今朝の夢を見させてしまったのかな、とひとり納得すると、むしろ原因が分かったことにホッとして、その後は何の不安も感じなくなってしまった。

ヨウコさんは相変わらずつやつやした髪をトレードマークのポニーテールにして、まっすぐ前を向いてハンドルを握っている。目的地までどれくらいの時間を要するのか僕には見当がつかなかったので、車内ではただだまってヨウコさんの横顔を見つめているしかなかった。そしてこの時点ではまだ、その表情に秘められた強い意志を感じるところまで、僕は一人前のバディではなかったのかも知れない。

十七章

海岸線へ出て、昨日のヨットハーバーとは反対側に道を折れてしばらく進むと、数人乗りほどの漁船が整然と並ぶ小さな漁港が見えてきて、その荷積み場らしき所で車は止まった。

「さあ、着いたわよ。ここで船に乗せてもらって沖のポイントまで移動するの。装備を下ろしてウェットスーツに着替えていてくれる?」

そう言い残してヨウコさんは少し先のプレハブまで駆けていった。僕は言われた通り、まず装備を下ろし、一通りの点検を済ませてワンボックスに戻り、その中でウェットスーツに着替えてヨウコさんを待った。ヨウコさんもいつの間にかウェットに着替えていて、少し遅れてプレハブの事務所から出てきた、赤ら顔の漁師らしき人と言葉を交わしながらこちらに戻ってきた。

「無理を言って、いまからすぐに船を出してもらうことにしたわ。天候の崩れが早いと夕方までに戻ってこないといけなくなりそうだから。装備を持ってあのブルーの船に積み込んでくれる?」

「わかりました。台風はそんなに近づいているんですか?」

「台風自体はまだ先だけど、その影響で沖では潮の流れが変わったり、局地的に雨雲が発生したりするからね。少しでも様子が変わった時のために対応を考えておかないといけないの」

そこまで説明をされても僕には差し迫った危機感は感じられなかった。経験豊富なヨウコさんとバディを組んで潜るのだから余計な心配をすることはない。そんなことより僕が勝手にパニックになってヨウコさんの足を引っ張るのだけはどうしても避けたい。すべてを任せて今日のダイビングを楽しめればいいんじゃないか……。いつになく腹をくくった僕がいた。

港を出て十五分ほどでヨウコさんの言うポイントに到着した。僕たちを下ろすと船はいったん港に引き返して、四時間後に戻ってきて僕らをピックアップしてくれることになっているという。目印のブイが浮かべられる。僕はまだ練習したことのなかったバックロールエントリーの要領を繰り返しヨウコさんからレクチャーされ、意を決して本番に望んだら、ことのほかスムーズに入水できて続いて飛び込んできたヨウコさんと水中でＯＫサインを出し合った。

ブイのアンカーロープに沿って三メートルほど潜ったところで姿勢を安定させ、ひと呼吸ついたところでヨウコさんがロープを三度引っ張ってブイを動かすと、それを合図に頭上の漁船がスクリューを回して離れていった。

水中でヨウコさんと二人きりになった。ヨウコさんは指をさしながら残圧、マウスピース、ＢＣＤに問題がないか訊ねてくる。僕もそれぞれを指さしＯＫサインで答える。密度は濃いけれど種類は限られたコミュニケーションだけで、これから何時間か行動を共にするのだ。何か気持ちが高ぶるようでもあり、心許なさも感じてしまう。水の中でコミュニケーションをとることは本当に難しくて、同時に純粋な行為であることが徐々にわかってきた。

ヨウコさんに下を指さされて、下降して大丈夫か訊ねられた。僕はしっかりＯＫを出して返事をすると同時に、ＢＣＤの浮力を絞ってゆっくりと下降していった。

海中でもヨウコさんのポニーテールが僕の目印だ。ゆっくり慎重に深く潜りながら、まわりの様子にも目をやっていく。まだまだこの辺りでは太陽の光が十分に届いていて、青空をそのまま溶かし込んだようなブルーの世界が広がっている。時折、突然の侵入者に驚いた魚たちが僕たちに近づいては離れ、遠巻きに見守っているようにこちらに顔を向ける。

ヨウコさんはそれこそ優雅なダンスを踊るように、水中を美しい姿で進んでいく。もしかすると陸上よりこちらの方が、生き生きと活動できているんじゃないかと思うくらいだ。うっとりとその動きに見とれているうちに、僕たちは事前に地形図で説明されていた、島から広くせり出した棚と呼ばれるエリアにたどり着いた。

ここでもう一度姿勢を安定させ、装備に異常がないか確認する。すべてＯＫ。僕たちが動きを止めていると魚たちは安心したように、岩陰から顔を出してくる。気がつけばあたり一面に花吹雪が舞うように、色とりどりの小さな魚たちが入り乱れている。ここにもたくさんの命が息づいているんだなという思いを新たにした。太古の昔に僕の祖先と進むべき道を分けた生命の末裔たち。いまも通じるものがあるとしたら、それはいったい……。

十八章

「みんな同じ命の重さがあるのよ。わかってくれた？」

急に、ヨウコさんの声が聞こえてきた。僕はそのことに驚く前に答えを返そうと口を動かした。

一瞬マウスピースが口から外れそうになり、ひと塊の泡が目の前を猛烈な勢いで通り過ぎていった。

「気をつけて。口で話さないでいいの。頭の中で言葉を思い浮かべれば、そのまま伝わってくるのよ。私の声もサカグチくんの耳に聞こえているんじゃないの。頭の中に直接伝わかっているっていうこと。わかる?」

「なんとなく、わかるというか……」

「大丈夫。ちゃんと私にもとどいているわよ」

「どうしてこんなことができるんですか? というか、ひょっとして、いままでもずっと僕の頭の中にある言葉を聞いていたんですか?」

そうだとすると僕はものすごく恥ずかしいことを続けてきたんじゃないか。それこそ僕の愚にもつかない考えがすべてヨウコさんに知られていたなんて……。

「すべて聞こえるわけじゃないの。伝えようと思う意思が込められた言葉だけが伝わるというのかな、外へ向かおうとしない考えは聞こえてこないわ。たぶん」

釈然とはしないけれど、いちばん恥ずかしい部分だけでも隠されていたのなら、そう信じるしかないだろう。でも冷静に考えれば、いまこうしてヨウコさんとコミュニケーションしていることの説明はまだ聞いていない。ようやくその疑問に気がついて改めて訊ねてみた。

「でも、ヨウコさんにはどうしてこんなことができるんですか?」

「そうね。浦島太郎って知ってるよね?」

「昔話ですか？」

「そう。昔話っていうのは突拍子もない寓話にたとえて、道徳的な教えやタブーへの戒め、子供の躾や生活の知恵なんていう、いろいろな教えのために作られたものと、地名の由来や歴史上の人物の偉業とか、いろんな事柄の伝承のために語り継がれてきたと考えられるんだけど、サカグチくんは浦島太郎のお話で何か教訓を得たことってある？」

「そう言えば、善行と言えるのは亀を助けたことぐらいで、他にためになるような話はないかな。陸に帰って玉手箱を開けたらお爺さんになってしまうって、何か罰でも受けたみたいだし」

「じゃあ、教えのために作られたんじゃないとしたら？」

「伝承話、ですか？　海の底に本当に竜宮城があったってことを伝えたいんですか？」

「あと、あまり広くは知られていないけど、日本にも人魚伝説ってあるの、知ってる？」

「ああ、そう言えば、どこかに人魚のミイラを奉納してある神社があったとか聞いたかな。そんなに詳しくは知らないけど」

「日本では人魚は妖怪の一種のような捉えられ方をしているみたいだけど、世界中で伝えられている人魚の話やさっきの浦島太郎の昔話は、結局ひとつのことに行き着くの。海の中や水の中に暮らす人がいるということに」

ずっと圧縮された空気を口から取り入れ、泡を吐き出して呼吸を続けてきたせいか、いま聞いている話が現実かどうかということ以前に、僕自身も陸上で暮らす普通の人間とは違う生き物になってしまったようで、海で暮らす人間がいると言われて頭から疑える状態ではなかった。ましてそれをヨウコさんから、耳と喉を使わないコミュニケーションで聞かされているというシチュエーションでは、すべて事実でもおかしくない気がしてくるのだ。

「そして私はその人魚と言われる一族。海で暮らす人間の一人なの。私たちは海の中で仲間同士コミュニケーションを取るために、こんな能力を身につけた。私の話、信じられる？」

「信じるというか、ヨウコさんは嘘をついていないと思います。全然根拠はないけど、この前、島に着いた日の夕方にホテルの裏の波打ち際に下りていった時、海と陸と二つの世界を分けているのはちょっとした境界でしかないように感じて、僕たちの祖先はどんな覚悟で陸で暮らすことを選んだろうって、そんなことを考えていたんです。もし僕の祖先が陸にあがる方を選ばなかったら、僕は海で暮らす人間になっていたかも知れないっていうことですね」

「やっぱりサカグチくんはこんな世界も受け入れてくれる人なんだね。実はその時も海からあなたのことを見ていたの」

「あの時海から何か暗示をもらったように思ったのは、まんざら気のせいでもなかったんですね。じゃあ子供の時、海で溺れかけて海に生かされたように感じたことも、何か関係があったのかな。でも、僕にこんな話を聞かせてくれたのには、何かわけがあるんですよね。僕はこれからどうなるんですか？」

「そうね、もうそろそろ本当のことを話さないといけないわね」


それがいつから決まっていたのかわからない。結果として僕は選ばれたのだ。けっして何かの罠が仕掛けられて引き寄せられたというのでもない。いろいろな運命の重なり合いで、僕自身がいくつかの選択をしてこの島にやってきた。もしかすると僕の遺伝子の中に運命図が織り込まれていて、それに従っただけなのかも知れない。

僕は陸で生まれたけれど、海で暮らす人たちのコミュニティに参加することが求められているのだそうだ。『わかりやすく言えば浦島太郎になれっていうことですね』と訊ねると、ヨウコさんは水中マスク越しに少し悲しそうな目をして『そうね』と言った。

地球は水の惑星と呼ばれるように、陸よりも海の方が圧倒的に面積が広い。けれど海で暮らす人が本当に住むことができる環境というのは、ほんの少しの限られた条件の所にしかないのだそうだ。環境汚染もそれに拍車をかけているようだ。テリトリーが狭くなればコミュニティの大きさも限られてしまい、生物学的には近親交配が進んで劣性種が増えてしまう。そうしてコミュニティはさらに小さくなり、負のスパイラルに陥ってしまう。だから一定の期間に一定の異種の人間を取り込んで、種の保存を続けなければならない。僕はそのために選ばれた一人なのだ。

「信じられないかも知れないけど、私たちのコミュニティとしばらく行動を共にしていれば、あなたも水棲人類としての能力が備わってくるわ。そしてあなたと私たちの種との間に生まれた子供たちは、優勢種として私たちの将来を築いていってくれるの。私のように両方の世界で生活できる力を備えて」

「え、じゃあヨウコさんのお父さんは僕と同じ、陸から来た人だったんですか？」

「そう。だからあなたのガイド役に選ばれたというわけなの。私の父はこちらの世界に来たことを後悔していないと言っていた。だからあなたにちゃんと理解さえしてもらえれば、新しい世界で暮らすことも問題ないと思っていた……。でもね、ここまで来て少し自信がなくなったの。あなたにいままでの生活のすべてを棄てさせられるのか。たとえ種の危機が迫っているからといって、そんな権利が私に、私たちに本当にあるのかって」

十九章

「私はあなたに出会ってあなたを導くために陸上での生活を始めたの。島で何年もあなたを待っていたわ。その間、私は一人だった。陸で暮らす異種の人間として、たった一人だったの。もちろん海の中ではできないこと、車を運転したり映画を観たり、いろんな楽しいこともできた。でもね、生まれた場所は海の中で、私の本当の居場所はやっぱり海の中だということも強く感じていたの。それをあなたに置き換えてみたら……。私が陸へあがる前の日に、もう一度父に確かめたわ。本当に陸上での生活をすべて棄ててきて後悔はしていないのかって。浦島太郎のようにやっぱり最後には陸へ戻りたいんじゃないのかって……」

「それ以上は言わないでください。お父さんの返事は聞かないでおきます。僕も突然のことだから具体的には何もイメージできないけど、さっきも言ったみたいに僕はヨウコさんが嘘をついていると思わないし、ヨウコさんを信じて裏切られるようなことは絶対にないと思うから。初めて会って何日も経ってないのにこんなこと言うのは変だけど、僕はヨウコさんに運命を決められてもいいかなって、なぜか思ってしまったんです。僕が役に立てるのなら、僕が守れるものがあるのなら、僕をヨウコさんのコミュニティに連れていってください」

「サカグチくん、本当にいいのね。……ありがとう」

不思議と恐怖感は全くなかった。それはダイビングを始める時に、そばにヨウコさんがいるから安心と思った、そんな単純なものではなかったはずだ。でも、ヨウコさんが僕を導いてくれたということが、僕の決心を促したことは間違いない。細かなことはどうでもいい。とにかくその時点で、僕は本当に海の中で暮らすことを選んでいたのだ。海の絶対的な力に身を委ねてみたいと、幼心に抱いたイメージの実現を思い描いていたのだ。

どれくらい岩棚の所で話していたのかはわからない。出発のサインもなくヨウコさんが泳ぎだしても、僕は慌てることなく当然のようにその後ろに従った。さっきは気がついていなかったが、棚を島から反対の方向へ進んでいくと、急勾配で深海へと落ちていく崖のような地形になっていた。その淵まで来てヨウコさんはもう一度大丈夫か、と聞いてくれた。そして僕が大丈夫、と答えるとヨウコさんは一気に潜水を始めた。

少しずつ、太陽の光が届かなくなってきて、あたりはゆっくりと色を失い始めた。スカイブルーの世界がダークブルーになり、その後はそれこそ一メートルごとに色が褪せていき、やがてすぐ前のヨウコさんのシルエットさえあやしくなりかけていた時、突然、目の前、つまり海の底の方から別の光が射し込み始めてきた。その光は進むほどに明るさを増し、少し赤みのかかった夕焼けに近い色と深い海の青とが混じり合って、視界いっぱいにまた新しい色のエリアを創り出していた。

——深い深い紫の世界。

「ようこそ。私たちの竜宮城へ。ほら、こうしてレギュレーターを外して、タンクもマスクも外して。やってみられるかな？」

ヨウコさんは少しずつ体勢を戻し、いま外した装備を胸に抱え、聖母マリア像のような姿勢で僕の目の前に浮かんでいる。いや、いちばんマリア像みたいだったのは、慈しみに満ちた柔らかな表情だったかも知れない。

言われたようにマスクを外し、マウスピースを外そうと思うが、空気を失ってパニックになるイメージが消えなくて、どうしても手が動かない。もう一度僕は海に生かされるのか。幼い頃の記憶だけが鮮明に甦ってしまう。

さっきまで何の疑いもなく、ヨウコさんに導かれてここまでやってきたのに、急に溺れることの恐怖が頭の中を満たし始める。勇気を出せ、いままで何も起きなかったじゃないか。ヨウコさんにあんなに心を開いたじゃないか。あの岩棚から先は間違いなく自分の意志で潜ってきたんじゃないか。でも、呼吸を失うことの恐怖だけが目の前を薄暗くしてしまう。

「どうしたの？　怖くなってしまった？」

「いや、そんなことは……」と言おうとした時、僕は過って本当に声に出して喋ろうとしてしまい、マウスピースを口から外して最初のパニックを起こしてしまった。その後はパニックがパニックを増幅させる連鎖反応で、ヨウコさんの声が聞こえなくなり、声をあげようとするほどに容赦なく海水が肺に流れ込んでくる。そして咳き込めば余計に呼吸が苦しくなって、手元にあるはずのマウスピースがどうしてもたぐり寄せられなくて、ついには体の自由が利かなくなってしまった。

折り悪く、海中では台風の影響で急激な海流の変化が始まっていて、いつの間にか僕の身体は深紫の世界から引き剝がされるように翻弄され、コントロールがきかなくなってしまった。いまはもうあの色が見えない。薄れていく意識の中で「サカグチくん！」と叫ぶヨウコさんの声が聞こえたと思ったのが最後、僕はまたいつもの夢の世界へと押し戻されていった。

真っ暗な海の中を落ちていく。

水の中は怖い、水の中は怖い、水の中は怖い……。

二十章

　意識が戻って最初に目に映ったのは、元は白かったと思われる煤けた天井だった。ゆっくりと焦点を合わせてみても何の変化もない。周りの状況を把握しようと首を横に向けたら、頭に地鳴りのような音が響いて激痛が走った。一瞬目をしかめたが、もう一度ゆっくりと頭に響かないように、目蓋を開くと白いスチール製の誰も寝ていないベッドがひとつ。間違いない。ここは病院だ。

　気を失う前の記憶がはっきりしていないが、ヨウコさんとダイビングをしていて溺れてしまったことだけが脳裏にしっかりと刻まれている。ここへはヨウコさんが運んでくれたんだろうか？　僕はどれくらいここで寝ていたんだろう。いまはいったい……。

「サカグチさん、気がつかれましたか？　どこか痛むところはないですか？」

　僕とそれほど歳が違わないらしい看護士さんが体温計を持って病室に入ってきた。

「あの、僕はどれくらいここにいるんでしょうか？」

「こちらの病院に運ばれてきたのがおとといの夕方だったから、丸一日眠ったままで、今日は二日目の朝ですね」

「じゃああの、一緒に潜っていたインストラクターの人が、僕をここまで運んできてくれたんですか？」

「いえ、サカグチさんを運んでこられたのは漁協の方たちで、なんでもダイビングを終えたお二人をピックアップするために東のポイントまで行ったら、サカグチさん一人がブイの近くで浮かんでいたって。そのあと漁協やダイビング関係の人たちが周囲を捜したけれど、他には誰も発見できなかったっていうことでしたよ。台風は直接向かってこなかったけど、他のダイバーの人に言わせると、あの辺りは海の中で潮の流れがものすごく変わるんだって。だから昨日も十分には捜索できなかったみたい。かわいそうにね」

「え、ヨウコさんは見つからなかったって、そういうことですか?」

「地元の新聞にも出ていたけど、あの近くではダイビング中に行方不明になってそのまま発見されなかったっていうことが、いままでにもたくさんあったみたいですね。そんな危険な場所に初心者を潜らせるなんて無謀過ぎるって。サカグチさんはむしろ被害者なんですから、もう事故のことは忘れて早く元気になることを考えた方がいいですよ」

ヨウコさんが行方不明で見つからなかったなんて。まさかそんなはずは……。絶対にそんなはずはない……。


その日は午後から警察の人が来て、病室でそのまま事情聴取が行われた。僕は答えられる範囲のことをありのままに答えた。もちろんヨウコさんと海の中でいろいろな話をしたこと以外を。警察は事故の原因や、なぜヨウコさんがあのポイントを選んだかということには興味がないようで、この一件を明らかな不慮の事故として結論づけるための通り一遍の質問を終えたら、あっさりと引き上げていった。

警察が帰った後には担当の医師もやってきて、この件ではもう島にとどまる必要がないから、今日一日安静にして気分さえ悪くならなければ帰っていいと言われた。それで僕は多少無理をしても翌日には退院することにした。退院してその日のうちに発てば予定通りのチケットでフェリーに乗ることができる。僕は頑なに旅程通り帰ることだけを決めた。本当ならば戻るはずのなかった陸上での生活をまた続けるために。

終章

陸での生活に戻った後、僕は予定通り大学を一年遅れで卒業して、心許ない成績の割には運もあってか中堅の商社に就職することができた。研修期間に聞いた話では、面接の時にこの会社で将来手がけてみたい商材は何かと聞かれて、潜水艦と答えたのが面接官の印象に残ったみたいだった。僕にはただ、それに乗って行きたい場所があっただけなのに。

ともあれそうやって始めた社会人生活を、僕は淡々と積み重ねていった。会社では表面的には悩みなどなさそうな屈託のない人間という評価。相変わらず周りに気を使わせない、迷惑をかけない、そんな人当たりの良さは会社という組織ではプラスに働くようで、新入社員の頃は先輩にあれこれかまってもらって、仕事はもちろん会社での人づきあいの要領や出張先での遊び方まで教わった。

それが陸上で暮らすために必要なルールだった。


日々の暮らしは職場と家の往復だけというほど味気ないものでもなかったけれど、かと言って毎日小説の新しいページを開くような刺激に満ちたものでもなかった。つきあい始めた彼女と一日笑って過ごした日もあったし、会社の会議室での出来事しか思い出せないような日もあったし、でもほとんどは何があったかも思い出せないような日の繰り返しで、それが普通の社会人の普通の人生だと気付くぐらいには、僕もこの十年で経験を積んできたと思う。

それでも僕の周囲では、そんな経験値を真っ当に仕事にぶつけて小さな成功を収め始めている奴や、家庭を築き家族を手に入れてさらに十年後、二十年後の人生設計を口にする奴も少しずつ増え始めてきた。僕もそんな風に地に足をつけて生きていけるんだろうか。ぼんやりとでも彼らに自分のこれからを重ねなかったかと言えばそれは嘘になる。陸上で暮らす限りは陸上でのルールに則っていかなければならないのだから。

この十年の間に、ダイビングのライセンスだけは改めて取り直した。別に深く考えた末とかではなく、その頃つき合っていた彼女が夏の旅行の目的をダイビングと決めてしまっただけの、出会い頭のようなものだったのだけれど。もちろん、いざ海に潜るとなると余計な気負いもあった。でも二度目の講習は彼女も含め、僕の一度目の経験を知る者は一人もいなくて、いたって平穏無事に修了し、その時潜った海の中にも奇跡は待っていなかった。ただ、その彼女と長く続かなかったこともあって、レジャーとしてのダイビングとはそれっきり縁がなくなり、気がつけばもう何年も海に行っていないような、海とは距離を置いた生活に僕は自然と身を置いていた。

僕にとって、それでいいのだと思っていた。

それが今年の七月の終わり、毎朝目を通す新聞にたまたま小さな囲み記事を見つけて、僕は一気に十年前のあの夏の日に引き戻され、陸上での生活は振り出しに戻ってしまった。

「ダイバー二人が行方不明」

見出しに思わず目が留まり、短い本文記事まで一気に読んでしまった。昨日の午後、ライセンス講習中だったダイビングインストラクターと受講生の二人が、予定の時間を過ぎても戻らず、漁協関係者や警察、海上保安庁も出動して付近を捜索したが、日没になっても行方不明のままとあった。あの同じポイントでの遭難事故だ。

「まだ続いてたんだ」

十年前のことが一瞬にして甦る。あの日の事故は僕の中に髪の毛一本ほど残っていた水への恐怖がすべての原因だったのだと思う。一瞬のことですべてを台無しにして、ヨウコさんはもう陸上の世界に戻ってこられなくなったのではないか。海の中で暮らす人が溺れてしまうなんてあり得ない。その後の彼女は、コミュニティは、どんな風に暮らしてきたんだろうか。

十年来、僕の心の奥の方では何かしら虚脱感のようなものが根を下ろしていた。摑みかけた何かを逃がしてしまったような感覚。主役とは言わないけれど、重要な役を与えられて演じきれなかった自分。僕が本当に価値を認められるはずの場所……。

　そしていま、あの時失ったものがはっきりとわかったのだ。僕はいままでの人生で、あれほどまでに必要とされたことなんて、一度もなかったんじゃないかということに。

　恋愛とか、家族とか、仕事上の責任とかチームの一員とか、僕が必要だと言われたことがなかったわけではない。でも、あれほど自分がひとつの生命として必要とされたことなんて、後にも先にもあの一度きりだ。この地上で数十億の人類の一員として、果たせることはもちろんある。でもその効果も数十億分の一に過ぎない。であれば……。

　地球環境はこの十年でも加速度的に変わってきた。陸上ばかりでなく、海の中の環境も日を追うごとに悪化を辿っているという。抵抗力を失った劣性種のコミュニティは、この環境の変化に耐えていけるのだろうか。

　十年後の僕に何ができるのかはわからない。もう一度ヨウコさんに会えるのかどうかもわからない。でも、十年経ったから、その経験を生かして、コミュニティのために貢献できることがあるかも知れない。ヨウコさんに会うことよりも、いまの僕には大事なものがわかるような気がする。

明日、装備を揃えたら、あの東の沖のポイントに潜るつもりだ。そのために、今度は自分の意志でここへやってきた。

十年前乗り越えられなかった最後の試験は受け直せるだろうか。

僕の存在、僕の命の重さは量り直せるだろうか。

――行こう、もう一度、最後の、あの深紫の海へ。

了

ストロマトライト

プロローグとして

時に騒ぎ、時に熱くなり、沸いては肉を躍らせ、逆流しようものなら怒り心頭、ひとたび頭に上ったら、周囲の言葉が耳に入らなくなってしまうことも。比喩表現としては遺伝的な事実や道徳的な価値観で、「切っても切れないもの」、あるいは「水よりも濃いもの」などと説教話の常套句として多用される。

そう、いまから語ろうとしているのは『血』。

果たして、血は本当に水よりも濃いのかという素朴な疑問。

生物学的に、人間の血液というものは四十五％の血球成分——赤血球と白血球、そして血小板からなる細胞性の個体成分——と、五十五％の血漿成分、すなわち血管の中を流れて身体中に先の個体成分＝生命活動に不可欠な血球や血小板を運ぶ媒介役として、これに適した液状の液性成分とで構成されている。

生物学的な解析をさらに続けると、前者の個体成分を取り除いた残り五十五％の液性成分には、まだ四％ほどの血漿タンパク質、そのほか微量の脂肪、糖、無機塩類といった分子サイズの物質が含まれていて、これも抽出できるということは科学の世界では常識か。

とにかくこうして血液から個体物、分子構造の大きなものまであらかたの物質を取り除いていくと、いよいよ最後に残るのは無色透明の液体となる。それは、いわゆる水に近いもの。つまるところ、確かに血は水よりも濃かったということがわかったというわけだ。

しかしながら、この結論にもまだ少し先があって、その最終的に残った液体も、完全に水というわけでもないらしい。性質的には、どちらかと言うと古代の――現代の、ではなく――地表の大半を覆っていた「海水」とほぼ同じ成分の液体に近いものと考えられる。

かくして、人間は等しく体の中に――詩人気取りの比喩を持ち出すまでもなく――確かに海を、それも生命の起源にさかのぼる太古の、原始の海を持っているという最終結論に導くことができる。

血は太古の海よりも濃い。生物学的にそれが間違いでないことはわかった。ただしその事実が何らかの啓示にも教訓にも、はたまた悟りの言葉にもなりはしない。ただその事実があるというだけ。

本題の前にもう少しだけ、太古の生命の起源にかかわる考察もしておきたい。

地球上に生命が現れた時、この生まれて間もない惑星は、陸とも海とも空とも、まだその境界も曖昧なまま、物質的に混沌とした状態だったと想像されている。そんな初期の地球にあっては、生命活動に有効な成分も、生命を著しく脅かすような毒性成分も、やはり渾然一体となったままであったと考えるのが妥当だろう。

そんな環境のもと、やっとの思いでこの地球上に現れた有機物――それがどれほど単純な組成のものであろうと、その「異物」にとって、ひとたび生まれた自らの存在を維持するのに、この地球は極めて過酷な世界であったはずだ。

けれども確かに、ある時奇跡と偶然のひらめきが幾重にも重なって、異物は誕生した。そして、それは一度限りの現象ではなかったはずで、その過程が解明されるかどうかは別にしても、幾度となく繰り返された拙い現象によって、ある時から異物は生命となった。ひとたび地球上に現れた生命は、一日、一分、いや一秒でも長くその営みを持続するために、持てる力をすべて発揮して、生き残るすべを探し出していったに違いない。

そこに意思が存在したかどうかはわからないが、与えられた環境に適応し、定着できる場所を選び、時には周囲の環境を変えることにまで力を及ぼしながら、進化、分化、淘汰を繰り返して、先へ先へと営みを延ばしていく努力を続けたと考えられる。
そうして綿々と連なる生命の連鎖は今日まで、部分的に断たれた系譜も多くあったにせよ、全体像としては途切れることなく運ばれてきたのだと言える。

現在、私たちはこの地球上で当たり前のように日々を生きている。この世界が自分たちのために用意された場所であるかのように。初めから自分たちがこの惑星に暮らす権利を持っていたかのように。それは人類に限らず、この星に生きるすべてのものたちが、意識することなく甘受している既成的事実なのかも知れないけれど。

しかし、だからと言って誰ひとり、立ち止まって考えることをしないでいいのだろうか。私たち以前には何があったのか。私たちには何が引き継がれ、その一方で何が断たれたのか。
私たちが次の時代に残さなければならないものは何なのか。私たちが通り過ぎてきた時代に踏みにじってきたものがいったい何だったのか。

ここに暮らすすべての生命は、そんなことには一瞬も頓着せず、当たり前に生きている。そして、これからも生きていくのだろう……たぶん、この世の中がひっくり返るようなことでも起こらない限りは。

一章

史《ふみ》はいつもと変わりのない朝イチのルーティンワークを、寝起きのぼんやりとした意識のまま、脳の覚醒を待たずにほぼ動物的な条件反射だけでこなしていく。特別な運動もしていない割には、アスリート風に程よく引き締まった身体に馴染みのよいスウェット上下。ただこれは部屋着兼用のパジャマとして、大いに手抜きの格好をしているだけのこと。その上に着古したカーディガンを羽織って寝室から出てくると、かつてはリビングとして機能していたこともある仕事部屋の、窓際の一番明るい場所に据えた長尺のデスクの前まで、心もとない足取りで歩み寄る。そしてその厚手の集成材製デスク上で、いかにも主役然と鎮座しているマッキントッシュの起動ボタンを押した。一瞬の間を置いてグウォンと響いた立ち上げ音からほどなく、液晶画面の真っ暗な世界に現れた白いリンゴのマークには目もくれず、足は動きを止めることなく史の本体を、元リビングに続くキッチンへと運んでいく。二つの部屋を区切るドアのない開口部に片手をかけたまま、空いた方の手はコンロの定位置におさまっているやかんを摑み、平行移動で水栓までたどり着くと、レバーを上げて三分の一まで水を注いだ。と、今度は少し丁寧な手つきに変えて、バーナーの位置を確かめながらやかんを五徳に据え、パチパチとスパーク音を五回ほど鳴らしてガスに点火する。やがて冷えていたやかんが炎で炙られて「キューーー」と悲鳴をあげ始めたのを後頭部で聞き流しながら、身体はまたデスクに取って返すと、パソコンの画面にログインフレームが表示されているのを確認して、指が覚えているパスワードをブラインドタッチで打ち込んで、例によって今朝も起床から動きを止めることなく商売道具をスタンバイさせた。

ここまではいつも通り。当然その日の仕事を始めるために開かないといけないワークファイルやインターネットのウェブサイトはその都度違うことから、この辺りで頭の中には『今日』の輪郭が立ち上がってくる。昨日どの作業を片付けて、どの仕事を持ち越して、今日はどこから始めるのか。連綿と続く時間軸の中での、いまこの瞬間の立ち位置が、ぼんやりと見えてくるといったところだろうか。でもそんな長いスパンのことはさておき、ちょっとだけ遡った過去に自分が手をつけた行為の物理的な結果として、キッチンからカチャカチャとやかんの蓋が鳴ってお湯が沸いたことを知らせてくるので、これはしのごの言わず、さっきよりも積極的に身体を動かさないといけない状況になってもくる。同時に目の前に今日の視覚的な異変が意識の幕を通り抜けてやってきた。モニターの下に並ぶドックメニューの中で、メールのアイコンが20という赤丸の数字で押し潰されそうになっているではないか。

「ええっ？　なになに？　メール二十件って……」

史は不用意に思いのほか大きな声で独りごちてしまった。いやいや……、無意識にかぶりを振りながら、それでも身体は直近の危機管理——コンロの火を消す——ためにデスクを離れてキッチンへと向かう。そして歩きながら、頭の中で『メール二十件』の理由を都合よく探して収拾をつけようとしていた。

「夕べ寝る前にシステム終了した時には、確かにメールは来ていなかったな……。いまは……七時……ということは五時間ほどの間に二十件ってことか。しかも真夜中から明け方にかけてのこんな深い深い時間帯に？」と、ここまでは頭の中の声。

それでも身体の方は普段通りに手元のガラスポットにリーフの紅茶をスプーンに二杯入

れてやかんのお湯を注いだり、シリアルの袋を開けてミニボウルに、こちらはスプーン三杯、続けて冷蔵庫から牛乳とプレーンヨーグルトを出して、それぞれコップとボウルに注いだりよそったり、さらに厚切りの食パンはオーブントースターに放り込んでタイマーを合わせて……と、なんとかルーティンに朝食の用意を続けている。その一方で、じわじわと影を伸ばしてくる気持ち悪い予感は、一日の始まりには似つかわしくない疲労感をいきなり思考の中に堆積させてもいく。

タチの悪いウィルス攻撃か迷惑メールか、それとも仕事の関係先からの大クレームかトラブル発生の知らせか、いずれにしても真夜中の大量メールに、愉快な知らせは想像できなかった。

「とにかく、まずは腹ごしらえ！」これは意図的に空気を変えようと、朝食一式を載せたトレイを持ち上げた勢いで、誰にともなく声に出して言ってみたのだった。

史はグラフィックデザインを生業としている。数年前まで中堅の広告制作プロダクションに勤めていたが、社内で大きな組織改編があり所属していたチームが解散になったことで、他のチームに移籍する道も用意してもらったものの、それまでに積み上げたキャリアと今後の人生設計も考えて、この機にフリーランスになる道を選択した。独立するなら二十代のなるべく早い時期にと、複数の同性の先輩にアドバイスを受けていた、その言葉にも大きく背中を押された。史の中では女性が独りで、少なくとも経済的には自分の力だけで生きていくことは、至極当たり前の発想だった。そのためにも生涯続けられる仕事を持つことは、自分にとって絶対外せない要件だったのだ。

ではそもそも史がなぜデザイナーを志したのか。それは高校時代に将来の仕事をいろいろと考えた時に、まず自分にできない、したくない仕事を消していく作業から始めたことが出発点になるだろう。もちろんその時点で芸能人になりたいだの、アニメのヒロインになりたいだの、幼心に夢見たような『おしごと』が自分のものではないことくらいは気づいていた。さて、現実目線でとにもかくにも自分には何ができて何ができないか。人の……加えて生き物全般の生死に関わるような仕事はできないという思いは早くからあった。もちろんそんな頭脳も持ち合わせていないけれど、だからわずかな可能性としても医師や獣医はなし。まずもって理系脳を持ち合わせていないし。準じて医療技師の分野、看護師や薬剤師、福祉の仕事も可能性なし。第三者の人生を左右することなんてできないので教職もなし。さらに他人の財産にも触れたくないから金融系も避ける。大きな組織というものに漠然とした恐怖を感じるので公務員もダメ。そういう意味で一般職として漠然と会社勤めをするイメージも持てない。語学の才能にも自信がないからCAだの旅行関係だの、広くサービス業にもこれからはグローバルなコミュニケーションが求められるだろうし……とかなんとか。

結局は青い世代にありがちな緩めのモラトリアム、アンチ既成社会的な考え方ということになるのだろう。とにかく、漠としたイメージでも成果主義の仕事や効果をシビアに求められる仕事、自分のミスが誰かを危険に晒し、何か社会の一大事になるような仕事は避けたいという気持ちが強かったのだった。

まあそれで芸術系に進路を選んでデザイナーになろうというのは、実際にもっと真っ直ぐな志を持ってその方向へ進んだ人にとって、非常に失礼な話ではあるけれど、そんなことくらいは自分が現実にそこへ身を置いてみて、即刻大きな勘違いだったことは恐らく人一倍に痛感したのだったが。ただ、デザインの仕事ではどれほどの失敗をやらかしても、まず人の生き死にには関与しないということ、そしてそれなりの努力を続ければ、細く長く続けていける仕事であること、その二点では初心を全うできたと言えるかも知れない。

　さて時間を元に戻すと、史はいつも以上に通過儀礼のような朝の十数分間を、前のめりにこなしていった。手早く朝食を終えると洗面所に向かい、今日初めて自分の姿を目の当たりにする。ショートボブの髪はまだ少し寝癖が残っているが、午前中に出かける予定もないのでそのままで問題ないだろう。そんな飾らない雰囲気と相まって、史が年齢よりも若く見られがちなのは、実はそもそも毎朝お化粧する習慣がないという、子供の頃と変わらない生活ぶりが一因かも知れない。ただ、深夜作業続きの目元にはさすがに栄養クリームが必要と思われるが、今朝のところは冷たい水での洗顔だけで乗り切ってもらおう。同時に冷水の刺激が脳を最大限に活性化させてくれるのを期待して……。申し訳程度の保湿化粧水を手早く顔に叩きつけたら、鏡の前には少しは人間の女の顔らしきものが映し出された。そうして洗面所を出た時にはあらかた普段の気力の半分以上は回復していたはずで、ようやく意を決してマックの前に座り、相変わらず赤丸を重たそうに担いだままのメールのアイコンに正面から向き合うことができた。そしてワンクリックして開いたメールリストから、まず送信者の項目を注視する。仕事のクレームかトラブルがらみか、送信者名でだいたいの見当がつくだろうと思ったからだ。

「…………」

結果はまさかのスコアレスドロー。届いたメッセージはすべて迷惑でもクレームでもトラブルでもない、仕事に関わる用件でないことがすぐに見て取れたのだった。

受信ボックスに並んでいた英文字の綴りは『ＣＨＩＳＨＩＯ』。史にとっては忘れるはずもない、けれど頭の中では普段使わない別の部屋の、そのずっと奥の引き出しの一番下にしまい込んでいた名前だった。

どうしていま頃？　という思いとともに、いつかはこんな日が来ると覚悟していたのが、たまたま今日になったんだなという達観も入り混じり、史の頭の中では奥の引き出しが開くと同時に、雑多な感情がぽろぽろと溢れ出してくるのだった。

ＣＨＩＳＨＩＯ＝智汐は史と同じ年、同じ日に同じ地元で生まれた。出生時刻もほとんど違わないと、小さい頃に聞いた覚えがある。ちなみに血液型も同じ。だから姓名判断を除けば、世の中に出回るあらかたの占いという類のものにはかっても、ことごとく同じ運命を辿るべく結論づけられるはずである。しかしながら史は、そしてもちろん智汐も、そのような占いを気にかけたことはこれまでに一度もない。人に限らず持って生まれた運命というのは、何かしら別次元に存在する第三者に伺いを立て、占って知るようなものではなく、自分の身体に流れ込み、綿々と細胞レベルで刻み込まれた記憶と記録の中から、その時点その環境で萌芽するわずかな兆候をすくい取り、身を任せるより術がないことを二人ともよくよく知っているからだ。それは二人の出自、生まれた家の成り立ちがそうさせているから言えること。二人の家は、古くから『神子』を送り出してきた家系の末裔だったのである。

二人の生い立ちに関わる『神子』とは、音読すれば『みこ』で、同音で馴染みのある漢字表記であれば『巫女』や『巫』となるだろう。二つは大きなくくりとして同義に扱われることもあるが、後者が神に仕えて神事を行う神職という定義であるのに対して、神子は神であれ死者であれ生者であれ、霊に通じて託宣を伝える口寄せを特殊能力として備える。地霊や動物霊に触れることもある。世界的に見れば『シャーマン』の一種と位置付けられる方が通りがいいかも知れない。ちなみにいずれもが、女性に優先的に受け継がれる能力とされるのが一般的だ。もちろんそのことにも確たる理由があるのだが。

かくして史と智汐の家でも、代々生まれてきた女の子は神子としての修養を積ませて、地域社会での一族の役割を果たすべく、連綿とその慣習を繋いできたのである。

ただ、両家には特別なルールがあった。起源は数百年前に遡るということだが、同じシャーマニズムを持った両家は、同時期に二人のシャーマンが並立することを避けるために、世代ごとに交代で一人ずつを神子とする取り決めを交わしていたのだ。つまり、史の母が先代の神子を務めたことから、当代は智汐が引き継ぐという流れだったのだ。だから、史は自由に職業を選ぶことができて、結果デザイナーという神秘性とは縁遠い道に進む自由が与えられたのだった。

しかしながら、当代にはひとつだけイレギュラーな事態が発生していた。それは智汐が中学生時代に重い心臓病を抱えていることがわかり、すぐに手術を受けて、なんとか病気の進行を止めることはできたものの、完全に病気の原因を抑え込むことは難しく、以来当人は体に爆弾を抱えた状態で成長し、病とつきあいながらも神子として生きていかなければならなくなったのだ。

そこでこの予測不能な事態に対処する方策として、智汐にもし万一のことがあり、まだ次の世代が生まれていないなど、神子の仕事を継ぐ該当者がいない場合には、特例として当代と同世代の能力者、つまりこの場合は史が、その責務を引き継がなければならないことになった。もしもの時はいつでも代役を果たせるようにしておけ、それが史に課せられた使命だったのだ。そうして史と智汐は運命共同体としての人生を受け入れることになった。身体の中にすでに流れ込み、存在している運命。生年月日も血液型も、すべてイコールで結びつけられた運命に、二人は身を任せるしか他に選択肢はなかったのである。

そんな事情をすべて飲み込みながら、史と智汐は暗黙の了解事項として、智汐の身体に黄信号が灯った時、何をおいても連絡をとることを決めていた。

「それが、今日っていうこと？」

目の前に突きつけられた事情を飲み込みながらも、それでも夜中に立て続けに二十件もメールを送ってくるというのは……。それほど緊急を要する事態なら、直接電話をかけてくればいいものを、メールで、しかもパソコンのアドレスを敢えて選んで連絡してきた理由もあるはず。そこには何か想定していた範囲に収まりきれない、プラスαの事態が背景に隠されているのかも知れない。

史はここへ来て、またさっきとは違う種類の不安を抱えながらメールを開いていくことになった。仕事とは違う、人の生死に関わる深刻な事態を伝えるメール。

自分がいままで懸命に避けてきたはずだった命の重さを抱え込んでしまった、その緊急事態の内容とは……。

二　章

史はいま、西オーストラリアの海岸線に沿って続くシャーク・ベイ・ロードをレンタカーで南に向かって走っている。オーストラリアは日本と同じく車両左側通行なので、自分の運転技術程度でもまず大丈夫だろうと、モンキー・マイアの空港を出発する時に自らドライバーを買って出た。ルートも目的地までは幹線道路をただひたた走るだけなので、初めて訪れる不慣れな土地でも心配はないはずだ。もちろん念のためにカーナビにも目的地を登録してあって、英語のガイダンスとはいえ、限られた短いワードだけなら聴き取りに苦労することもないと考えた。

助手席でやや疲れた表情のまま流れる景色を眺めているのが智汐。深めにかぶったキャップからは、尻尾のようにまとめた髪の先が垂れている。オーストラリアに到着した時、智汐だけはそれまで着ていたチュニックワンピースから、Tシャツと膝丈デニムというスポーティな服装に着替えていた。ツバの大きめのキャップもその時に取り出してきた。彼女には、こと服装に関してはＴＰＯを外さないという頑なな自分ルールがあるようだ。対して史はそういった発想すらなく、インナーのＴシャツくらいはさすがに途中で一度着替えたものの、あとはずっとカーゴパンツにパーカーという格好で通している。

そんな二人に加え、後部座席にも同乗者がもう一人いて、いま史が疾走させているこのレンタカーを前もって用意して、空港で二人をピックアップしてくれたケイが、携帯電話で現地の先発組と連絡を取っている。今回のミッションを智汐に伝達してくれた、言わばオーストラリアと日本との窓口役となってくれたのが外ならぬこのケイだった。彼女もまたアボリジニとして、霊とつながる能力を持ったシャーマンの血を引く者だ。褐色の肌に彫りの深い顔つきは初対面では少し威圧感を覚えたけれど、話してみると日本語も少しできるようで、史とも問題なくコミュニケーションが取れた。智汐とは出発前の事前のやりとりの中ですでに打ち解けていて、何より強面の表情を崩して笑う時の笑顔がとても人懐っこい。空港からのわずかな旅のパートナーというだけではもったいない、なかなかのキャラクターの持ち主だった。

さてこれがロードムービーのオープニングシーンであれば、荒野を突っ走るステーションワゴンの遠景ショットから徐々にクローズアップが始まって、いわくありげな女三人のそれぞれの表情がカットインしてくる。そこにメインキャストの名前と、早ければ本編タイトルがオーバーラップで挿入されるといったところが定番だろう。BGMはカーラジオから流れるローカルFM放送。同乗者三人は互いに言葉を交わすこともなく、黙々と……いや、ケイだけは携帯に向かって喋ってはいるけれど……ただただ目的地に着くまでの時間を、なんとかやり過ごしているような場面に仕上がるに違いない。

ここまでの経過を遡ると、まず智汐とはシンガポール・チャンギ空港のトランジットで合流した。そこからパースを経てモンキー・マイアまで飛行機を乗り継いで来たわけだ。トータルで八時間ほどのフライトの間に、あらかたの情報共有はできていた。もちろんお互いに眠っていた時間もあるので、ずっと話し続けていたわけではないのだけれど。

最初に、これはすでに史が自宅でメールを開いたところで判明したのだけれど、二十件のメールはすべて智汐が打ったものではなく、最初の一件以外は全部転送メールだった。その中に今回のオーストラリアへの移動行程のこと、そのフライトに関する情報や電子チケットの3Dコード、ホテルのバウチャーや現地周辺の地図、そして何より今回のプロジェクトの主旨、目的、集まるメンバーの簡単なプロフィールなどなどが、これでもかと記されていた。

本当なら智汐が情報を別ファイルか何かにまとめて、最初のメールに添付してくれればよかったのだが、一般企業への就労経験がない智汐には、そんな業務効率を考えるような発想自体がなかった。とにかくケイを通じた何度かのやりとりの中で、自分のところに届いたメールを、必要なだけ丸ごと史に転送して寄こしたということ。これをただ要領が悪いと責めるわけにもいかないのは、この事態に触れた時、智汐が軽いパニック状態にあったのかも知れないことも容易に想像できるからだ。

それにとにかく、何より史にとって重要な用件は最初のメールにあった。

『世界中の現役シャーマンが、オーストラリアのシャーク・ベイに二週間後に集まらなくてはならなくなった。私が心臓に不安を抱えていることも承知の上なので、緊急事態に備えて代役と一緒に参集して欲しいとのこと。事態は緊迫しているから意思確認をしている余裕はない。必ず二人で期日までに現地に行きたい。行かなければならない。そのための航空チケットなど移動手段、ホテルの手配はすべて準備されているから、とにかく身ひとつで来てほしい』と、要約すればそういう内容であった。

続いて十九件の転送メール。行程に関するものや資料的な書類もオーストラリアだけでなく各国から送られてきていて、確かに世界中のシャーマンがこの件に関わっていることは明らかだった。ただ、外国語の資料については翻訳ソフトに頼った部分もあるので、七、八割がたの理解だったかも知れない。それでも大筋は史にも把握ができた。そして自分がこれから大変なことに関わるという事実に、正直その時は史自身も智汐から遅れること数時間のタイムラグはあるけれど、十分過ぎるパニックとストレスに見舞われたものだ。

人は得てして軽いパニック状態の時の方が、普段以上の力を発揮できるものなのかも知れない。少なくとも、史はそちらのタイプだったようだ。メールを読み終えて、少し冷めてしまった紅茶をゴクゴクと二口飲んでからの自分の処理能力を、史はいまでも信じられない思いで振り返ることがある。

まず進行中の仕事のうち短納期のものは迷わず一気に片付けてしまい、長期スパンのものは関係各所に話を通し、振り分けや肩代わりで自分が抜けても穴が空かないように手を打った。普段からこんなにも柔軟に対応ができ、こんなにも素早く的確に決断できていたなら、自分もいま頃はいっぱしの売れっ子デザイナーになれていたかも知れない。まあ、これが火事場の馬鹿力というやつなのだろうことは、史自身がよくわかっていることなのだけれど。

さらに海外でのしばらくの滞在に備えて必要なものを揃えたり、処分するものや手配するもの、預けるもの、返却するもの……。とにかく考えられる限りの準備もした。もちろんその中に車の国際免許の取得もあって、実はこれに一番時間がかかってしまい、結局その免許証を手にできたのは史が日本を出発する日の朝だった。

日本からの出発地点が違うので、智汐とはチャンギ空港が最初の合流地となった。あのメール以来、何度か電話でも喋ってはいたが、実際に顔を合わすのはその時が十年以上ぶりのことだった。

記憶の中の智汐は、大手術を終えてまだ病院通いを続けている頃の、青白くて霧雨のように消え入りそうな儚げな少女だった。それが熱帯の空港で再会したせいか、現在の智汐は肌の色はまだ透き通るように白いままだけれど、肩にかかる黒髪も艶やかに整えられて顔つきも少しふっくらとし、何より神子らしく目に映るものをしっかり捉えて離さない意志の強さを宿す大きな瞳がキラキラと印象的に輝いていた。それはまるでスコールの後の洋ランが潤いを得て、生命力にあふれた精気を放っているかのようだった。

「なんだ、元気そう」史は自分でも意外なほどのぶっきらぼうな言い方でしか、再会の少し上ずった自分の気持ちを伝えられなかった。

「まあね。自分でも長い時間飛行機に乗るのはちょっと不安だったけど、まあなんとかなるもんだね」

「お腹は？　機内食ちゃんと食べられた？」

「うん、大丈夫。でも次の飛行機までだいぶ時間があるね。それまでお茶でも飲んでようか？」

智汐の方もまだしっくり来ていないお互いの距離感を探るように、とにかくいまのぎこちない再会シーンを早々に切り上げられるきっかけを提案してくれた。そしてすぐに見つかった東南アジアの空港にありがちな、とんでもなく騒々しいカフェテリアに空席を見つけて、二人して「ふう」とばかりに落ち着いた。

それぞれに飲み物を注文した後の、あらためて互いの顔をじっくりと見合わせたタイミングでも、最初に沈黙を解いてくれたのは智汐の方だった。

「仕事のこととか、いろいろ準備が大変だったでしょう。全部片付けてこられた？」

「まあまあ、そっちはね。どこにこんな底力があったのかってね。自分がやればできる子なんだとわかってよかったよ」

「まだ出していなかった能力があったの？　すごいね」

「それを言うなら智汐だって。海外旅行なんてほとんど経験がなかっただろうに、いきなりオーストラリアって。体調は……、ほんとに大丈夫なの？」

いままでどうしても確かめられなかった一番の気がかりを、史はここへ来てやっと口にすることができた。

「それは私もやればできる子だったってことなんじゃないの？　もちろん日本を発つまでは不安もあったけど、これから向こうでやらなくちゃいけないことを考えたら、こんなところで止まってもいられないというか。それにいざという時のために史に一緒に来てもらうことも織り込み済みだったしね」

「うん、まあそれならいいんだけど」

その後は飛行機の搭乗時間まで、二人で十年分の出来事を語り合った……と言えば少し誇張になるけれど、幼馴染の再会にしては抑制的で、運命を共にするパートナーとしては情緒的なやりとりを訥々と語り合っていた。

そしてシンガポールからオーストラリアへ向かう飛行機の中では、最後列の二人席に収まり、一定量に響き続ける機内の騒音に守られながら、これからシャーク・ベイで行われることについて、智汐の口から細々とレクチャーを受けた。

もちろん智汐も事前にすべてを理解できていたわけではない。わかっているのは今回のミッションの大義と目指す目的のみ。語っている智汐自身にも、本当にそんなことが実現可能なのか、また実現させていいのか、現地に赴いて直接聞くまでは疑心暗鬼な部分もあり、迷いや疑念をことごとく払拭できるものではなかった。

史にしても同じこと。事態の理解もさることながら、一方で自分の身体の中に流れている神子の血が、いざという時に本当に役に立つのか。もっと言えば果たして自分に神子の能力がまだ備わっているのか。小さい頃に霊と交信できた記憶は確かにあったけれど、それを使わずにしまい込んで大人になってしまった自分に、そんなにも都合よく特殊能力が蘇ってくれるものなのか。それは史自身の問題として、ことの大義を理解するほどに、不安は一層強くなっていくのだった。

三　章

　後部座席のケイが、いつの間にか携帯電話を切って助手席の智汐と言葉を交わしている。ケイがアボリジニとして、代々伝え守り続けているこの土地に根づいた特別な霊の存在と、その霊力について、智汐に解説しているのだ。史には時々ケイが織り交ぜる日本語と部分的に聞き取れる英単語の連なりで、大まかなところだけしか理解できないのだけれど。そういう意味で、十年ぶりに会ってその時間の隔たりを実感したことのひとつに、智汐がマルチリンガルになっていたことがあった。

　中学時代から身体が弱いこともあって、どちらかといえば運動より勉強というタイプだったのは知っていたが、これだけ外国語が喋れるようになっていたとは、ちょっとした驚きだった。きっかけはやはり大手術の後、自分の肉体的な限界も意識した上で、それを補うスキルとして特に語学力を特化させようと考えたのだそうだ。神子としての行動範囲が心臓病を理由に制限されるのなら、神子にとってもうひとつの重要な能力、コミュニケーション力を高めることが必ず活動のプラスになると判断したからと。新しい時代にフィットする、智汐なりのニュータイプの神子を目指したというわけだ。

だから英語と中国語では日常会話以上、スペイン語も読み書き以外はなんとかなるレベルまでできるようになったと、移動の間に少し自慢げに教えてくれた。史としても神子の能力という以前に、いまの状況で身近に外国語が堪能な人間がいてくれるのは非常に心強いことであったし、その自慢話は素直に感心もし、何の抵抗感もなく受け入れた。

シンガポールの空港で久しぶりに出会った時の洋ランの花のような印象は、会わなかった長い時間の中で智汐が身につけた、外国語ができる人間特有の積極性や開放感、何かしらの自信が匂い立っていたからだったのかも知れない。


カーナビがオーストラリア英語で『間もなく目的地に到着します』と言っている。それくらいのセンテンスなら史にも理解できた。智汐とケイもそのメッセージを聞いてお喋りを止めた。

カーナビの表示がさらに詳細な周辺地図に切り替わって、側道から駐車場へのガイドを始めたのに合わせ、車のスピードをだんだんに緩めていくと、三人共が三様に緊張感を顔に表し始めた。史は加えて駐車場の空きスペースを探したり、見つけた空間に普段運転し慣れていないサイズのステーションワゴンを切り返したりバックさせたり、無事に駐車させることにも結構な神経を使っていた。

「さあ、もうみんな集まっているらしいから、私たちも急ごう」

史がパーキングブレーキを踏んで車のエンジンを切るが早いか、智汐は早々に助手席のドアを開けてすぐにも外に出ようとしていた。史はここまで事故なく来られたことにほっとする間もなく、後部座席のケイに続いて慌てて車から降りた。持ち物は移動の間ずっと身につけていた手荷物のバッグひとつ。史と智汐の二人分のスーツケースはステーションワゴンの荷台に置いたままにしていくので、念を入れてドアのロックを確認した。

駐車場を離れてビーチの方へ歩いて行くと、世界遺産に指定された有数の観光スポットとはいえ、オフシーズンで人影もまばらな上に、赤茶けた地面の効果も相まって、いきなり西部劇の荒野に連れてこられたかのような気がした。しかし、さらに進んで海岸線までやってくると、目の前にはこれまでに見たこともない鮮烈な光景が広がっていた。

遠浅の砂浜の波打ち際から沖へ向かって、一面にごろごろと林立する巨大なキノコのような塊。不定形でランダムに立っているのに、どこか秩序と強い意志と、生命のオーラさえ感じられるから、群れと呼ぶ方がふさわしい気さえする。これこそが世界中のシャーマンを呼び集めたストロマトライトの現生そのものであった。

ストロマトライト、それは藍藻類、シアノバクテリアとも分類される原始的な細菌で、地球上には約三十五億年前から存在し、あらゆる場所で繁殖していたと考えられている。これが原始の地球で大きな役割を果たした。その他の当時存在した植物類とともに、光合成によって大量の酸素を生み出し、生命爆発の時代、先カンブリア期をこの惑星にもたらしたのだ。永く、これらは他の原始植物と同様に太古に死滅し、堆積物の化石でしか残されていないと思われていた。ところが実はここシャーク・ベイや他にもメキシコ湾の一部などに現生が見つかり、いまも成長を続けていることが近年になって確認されたのだった。

ビーチの先、ひときわストロマトライトが密生している辺りに、数百人と思われる人だかりができていた。人目には異様な光景だが、その全員が思い思いの姿勢で両足と、場所によって可能であれば両手も、海水に浸けたままじっと佇んでいる。自分たちのように遅れて参集した人間もいて、特に言葉をかわすでもなく静かに同じような姿勢になって、その一群に加わっていくのが見て取れる。人間のストロマトライトがさらにどんどん増殖していくような印象だ。

「さあ、私たちも」再三智汐に促されるまでもなく、みんなが集うエリアまでたどり着くと、史もその場ですぐに裸足になり、智汐の近いところに場所を見つけて、少し無理な体勢ながらゆっくりと両手両足を海水に浸した。見ればケイの方も少し離れた場所に集まっている、同じアボリジニのグループに合流できたようだ。

波の静かな浅瀬で、水の中は思った以上に温かい。初めはゆらゆらとかすかな波動を感じていたのだけれど、水温と体温の差が小さくなってきたせいか、身体と海水の境界も曖昧になってくる。ありきたりな表現だけれど、史は自分の肉体がこの海の一部になろうとしているのを、何の抵抗もなく静かに受け入れていくことができた。

「史、私がわかる？」語りかけてきたのは智汐だった。

「わかるよ。智汐だけじゃなく、ここにいる他のみんなの囁きも、静かに聞こえるよ」

答えたのは史の口ではなかった。心の中に浮かんだ返事が、想念のまま智汐に届いただけ。もちろん智汐の声を聞いたのも、史の耳を介してではなく、脳が直接受信したものだった。

「やっぱり史は大丈夫だったね。いくつになっても、どれだけ普通の生活を続けていても、神子の血には逆らえないんだね」

「そうかも知れないけど、それはこの海と、そばに智汐がいて私の回路を開く手助けをしてくれたからだと思う。これからの大事なミッションに、私も少しは役立てるかも知れないと思えてきたかな。ありがとうね」

その時、少し大きな波動がやってきて、史と智汐や、それ以外の人々の静かな囁きも、聞こえていたすべての声が一斉に止んだ。そして、少しかすれた老婆のような声が聞こえてきて、想念の世界の中にもかかわらず、そこにいたみんなが一瞬固唾を呑むのが伝わってきた。

四　章

不思議なことに、初めて聞いたはずなのに、それがストロマトライトの声だということは誰もがわかっていた。そして言語の壁をやすやすと乗り越えて、様々な国のシャーマンたちに、彼女たちが普段話す『言葉』ではなく、直接『言霊』として、ストロマトライトの想念が伝えられていくのだった。

「これから少し長い話につきあってもらわなければならない。できるだけ楽にして、私の、私たちの想いを聞き届けて欲しい。

私たちは、この地球がまだ混沌としていた頃から、生命が生まれるために必要な酸素を産み出し、地表を作るための陸の固定化にも手を貸してきた。そして原生生物や植物や、やがて動物や人間が生まれてくるのを、永い永い時間をかけて見守ってきた。

いまさら地球の歴史や生物の進化のプロセスを、みなさんに解いて聞かせても仕方がない。とにかくこの地球はいろいろなものを携えて、あなたたちが生きている現代へたどり着いたということに思い至ってくれればいい。

さあ、そこで改めて周囲を見回してくれないか。いまの地球に、いまの世界に、危機は迫っていないだろうか。

人間が生まれて道具を手にして以来、確かに文明はめざましく進歩を遂げた。ある意味豊かになったと言うことはできるだろう。でもその一方で、食べ物を奪い合い、富を奪い合い、権力を奪い合い、土地を奪い合い、思想や宗教まで奪い合い、どれだけ人は争ってきたか。もちろん人間以外の動物も、食べ物や縄張りを奪い合うことはあるけれど、それはあくまで自分の生存のための争いであって、自分が満ち足りればそれ以上他者のものを奪うことはない。ましてや捕食が目的でなければたいていの場合、争う相手に致命傷を与えるまで追い詰めることはない。

ところが人間たちはどうだ？　文明が進み、道具が精巧になればなるほど、相手を傷つけるための武器が残忍に、巧妙に進化していく。自分の手を汚さずに、それだからこそ一度に大多数を傷つけることとさえ厭わなくなる。そして奪い合うものがもはや物質でもなくなり、本来人を豊かにするためにあるはずの精神世界や信条や、信じる神を否定し破壊するための争いさえしている。文明が進化すれば野蛮な戦争は消滅し、平和で豊かな世界が実現するはずではなかったのか？

他にも危機はある。私たちが暮らす海も、ずいぶんと様子が変わってきた。汚染、破壊はいまなお続いているし、温暖化で水温もだいぶ上がってきた。この大陸の反対側でもたくさんのサンゴが死んでいる。

これらの原因を作ったのは誰だ？　こればかりは地球上の他のどの生物も関与していない。すべて人間の仕業だ。自分たちが豊かに、自由に、快適に暮らすために、ただひとり人間だけがこの環境に負担を強いてきたのだ。

その結果が他の生物に生命の危機を与え、実際に死滅した種も数多く存在する。そして最後には人類が自らを滅ぼすまでに、この地球を破壊しようとさえしているのだ。少なくとも私にはそうとしか見えない」

そこまで話が進んだところで、主に第三世界の出身と思われるシャーマンたちが声を上げた。

「それは私たちの責任とは言えません。私たちはそんな自然を壊してまで手に入れたような文明の恩恵を享受していないし、むしろ私たちもまた被害者の側なのです」

ストロマトライトはこれをよい転換点と感じたのか、少し声のトーンを変えて、さっきよりも重々しい言霊を送り出してきた。

「確かに、あなたたちの一部には責任を感じる必要のない人もいるだろう。でも結局はあなたたちも皆と同じ船に乗って、同じ方向に進んでいることに違いはない。たまたま船首に席を見つけたか、船底の窓のない部屋を割り当てられてしまったかの違いに過ぎない。それよりも私たちがいま強調したいのは、この愚なる航海をすぐにでも止めて、直ちに針路変更をしなければならない時が来ているということなのだ。事態はもう取り返しのつかないところまで進んでしまっているのだ」

もはや誰も反論する者はいなかった。ただ静かに、次の言霊を待つ気配だけが辺り一面に重々しくも高揚していった。

「この地球上に、雄を産み出したことが間違いだったのかも知れない。

もちろん、それは私たちのあずかり知らないところでの進化の話だ。種を多様なものに増やし、あるいは遺伝子を運ぶために、ある時点ではこの進化のサイクルを担う媒体として、雄は必要な選択だったのだろう。

また遺伝子を強くするためには、異形のパーツを加えることもそれはそれで理にかなっていたのだろう。けれど、その不完全な染色体一ピースを与えたがために、雄は世界を完全なものに創造していく上での異分子、障害となってしまったのかも知れない。

ここで言うところの雄は、もちろんヒトの雄であることは補足するまでもないだろうが。


いま、世界中で戦争を続け、また新たに仕掛けているのは誰だ？　もちろん兵士として加わる中に女性もいるだろうけれど、その軍隊を率いて、そもそも争いの火種を生み出したのは？


いま、地球温暖化への取り組みにブレーキをかけているのは？　世界に影響力のある大国のトップでありながら、自国の、自分への同調者の利益にしか興味のない政治家は？

諜報国家を率いて、絶え間なく他国を謀略しようとしている人物は？　情報を都合よく操って、いつの間にか他国の領土に平然と軍隊を送り込んではいなかったか？

あるいは国民が今日口にできる食料にも窮しているのに、武器の開発ばかりに注力している独裁者もいる。そうでなければ覇権争いや政争に躍起になる一方で、国民の言論や思想の自由を奪う指導者もいる。

数の論理、力の論理によって本来目を向けるべき弱者の声に耳を貸さなくなった、声を聞くことすら忘れてしまった為政者は？

ここまでに例として挙げたのは、『彼女たち』のことではない。間違いなく『彼ら』の話だ。国家、地域、家庭、思想、行動、発言……、支配する領域にかかわらず、すべての局面において力で他者を蹂躙しようとしてきたのは？

核開発を、原子力開発を、旧態依然として推し進めているのは？　その先に未来がないことは誰もが気づいているはずなのに、未来のためにそれを止める勇気を持たないのは？

人類の雄が世界を、地球を、思想を、文明を、後戻りできないところまで破壊しようとしている。そして彼らの誰もが、それを止める選択肢を用意していない。私たちにはそう見えているのだ。

だから、もはや再起動をかけるしか方法がないところまで来てしまったのだ。

私たちは、人類の雄を無力化することから手をつけなければならない」

五章

雄を無力化する。根絶させるには及ばないけれど、力を奪い、影響力をなくす程度まで人類の雄の力を制御する。

智汐や、そのレクチャーを受けてきた史や、この地に集まった世界中のシャーマンの血を引く者たち、そして様々な事情で今日ここに来られなかったもっと多くの同じ能力を持つ女性たちには、このビジョンまでは伝えられていた。ただ、最後の重要なピース、その手段については、まだ誰にも知らされていなかった。それがいまからストロマトライトによって明かされる。

「知っての通り、私たちは生物学的には藍藻類の集積とされている。シアノバクテリア、つまり菌の一種ということだ。この地球上でいち早く誕生した原生の形をとどめたまま生きながらえてきたから、ここでの出来事をすべて見届けて、過去の記憶と繋がっていられるのだ。そんな私たちだからこそできることがひとつだけあった。

私たちは菌によって行動を起こそうと思う。

この地球に、またひとつ新しい菌が生まれた。いや、意図して産み出した。これはどんな環境下でも、たとえ人間が科学の粋を集めて対処しても除菌できない、強耐性の菌だ。そしてこの菌の最も重要な特性は、ヒトのＹ染色体にだけ反応して、これを攻撃することにある。人類の雄だけを襲うということだ。

この菌に侵された雄は、恐らくは成人男子であればほぼ例外なく死滅するだろう。残るのは、今後教育的に再起動可能な幼少の男子ということになる。

媒介者はＹ染色体を持たない個体、つまりあなたたちを含めたすべての女性だ。その他にも動植物や昆虫や水や、ありとあらゆるものが媒介者となって地球上にくまなくこの菌を運んでいくことになる。そして、すでにその行動は始まっている。

あなたたちの体内には、もうこの新しい菌が宿っている。こうしている間にも新しい菌はあなたたちの体の中に居場所を見つけたはずだ。もちろん心配しなくても媒介者としてのあなたたちにとって菌は無害だから、体が変調をきたすことは絶対にない。また、あなたたちが直接的に菌を感染させる必要もない。つまりあなたたちが特定の男性の死に、直接関わることはないわけだ。菌はいつの間にか世界中に蔓延し、周囲の雄たちをいつの間にか無力化していくということだ」

「待って、成人の男たちがこの地球上からいなくなったら、人類そのものが死滅してしまう。これからどうやって子孫を残していけばいいの?」

当然とも思える反論が誰かから上がった。普通に考えれば、女だけの世界で、ヒトという種は維持していけるのかという疑問は残る。このことは人類全体の存亡の危機を引き起こそうとしているのではないか。

「確かに、人類の発生は少しの間だけ停滞するかも知れない。でも生命は常に存在と存続の危機に直面しては新たな進化を遂げてきたではないか。負荷をかけることで、人類はまた新たな生殖の方法を開拓できるかも知れない。それにあなたたちは科学も十分に進歩させてきた。生殖に頼らない発生の道を探ることだってできるのではないかな」

何より衝撃だったのは史や智汐やここにいる全員が、すでにそのビジョンの一部になっていたということ、すでに行動が始まっているということだった。

私たちはこの地上最古の生命から言霊を託されるためではなく、その行動の媒介者となるために呼び集められたのだった。史は智汐の身体の黄信号に備えて同行してきたつもりだったのだが、黄信号は自分も含めたすべての生物が暮らすこの地球が発していたシグナルだったのだと、いまになってようやく理解できた。

そして、本当に再起動が始まろうとしている。地球が自らを守るためにギリギリのタイミングで導き出した答え。それを自分たちは受け入れるしかないということか。

一帯にまた静寂が戻ってきた。陽もだいぶ傾き、すぐそばの何人かの顔がやっとわかる程度まで視界が曖昧になっている。こうして目から入ってくる情報が制限されるというのは、ここに居合わせた全員にとってありがたいことだったと思う。いま抱えた大きな問題に個々が向き合うために、視覚は邪魔をするに違いなかったから。

ただ、史は智汐の表情だけはすぐに確認しておきたかった。身体を起こして智汐の立っている方に顔を向けると、向こうもこちらをじっと見つめていた。

「とにかく海から上がろうか」智汐の声に促されて、史も砂浜の乾いた場所へ向かってゆっくりと歩き出した。

持ってきたバッグや脱ぎ捨てたままにしていた靴はすぐに見つかった。史と智汐は二人並んで砂浜に腰を下ろし、身繕いしながら、もう暗闇に溶け込もうとしているストロマトライトの群生をぼんやりと眺めていた。

「ごめんね、なんだか大変なことに巻き込んでしまって」智汐がぼそぼそと口を開く。

「なに言ってるの。『大変なこと』は最初からわかってたじゃない。日本にいて何も知らないまま居残り組になっているか、事情を知っていち早く媒介者となるのか、そんなに大きな違いはないと思うよ。……いや、やっぱり何が起きているのか知っていた方がずっといい。それに私もまだ神子の端くれだとわかったし、だったら大地からの伝言を伝えていく役割を少しは果たさないとね」


もちろんその時点でもまだ史は、そして恐らく智汐もまた、無条件でこの人類史の大胆な上書きを受け入れられていたわけではない。史の方は小さい頃に亡くしていたけれど、智汐の父親はまだ故郷にいて健在だ。それに智汐には弟もいる。他にもそれぞれの叔父や従兄や親戚の男たち、彼らはどうなる？

さらに思いを拡げれば、神子の運命を受け入れ、自分一人の力で生きていくと決めたからといって、二人とも自分たちの血筋を当代限りで途絶えさせることは望んでいない。いやむしろ神子の家を絶やさないために、史にしても何らかの形で次世代の神子を産み育てる使命を感じてはいた。それがこの先の世界では物理的にかなわなくなる可能性が待っている。異性としての親密さや位置づけはさておき、人として大切に想える存在は史にだって何人かいる。そんな彼らが、もしかするとこの世界から消えてしまうのだ。

正直なところ、ここから先は個としての感情、不安や悲しみや寂しさや怒りや、あらゆる思いに蓋をしてしまうしかなかった。そして自分をひとつの媒介者、菌の一部として俯瞰することでしか、目の前の畏れに耐え切る術がなかったということだ。何十億年という永い生命の歩みの中で、自分たちがわずか一瞬の点に過ぎないこと、ヒトという種もまた未知の進化へのプロセスにおいて、一部は淘汰される運命に晒されていたことを、身の回りのいくつかの点の消滅で自覚する日が、もう目の前に迫っていることを震えながら待つしかないということだった。

六章

　どんな旅にも疲労はつきものだ。それは普段の行動範囲よりも長い時間、長い距離を移動したこと、土地勘のない場所で何日も過ごしたことで、肉体の帰巣本能とでも呼ぶべき欲求がいつもの寝床を恋しがっているのがひとつ。でもそれ以上に疲労を感じるのは、その時その場所での様々な環境の変化、不測の事態、事故や事件のリスクへの備え、身構え、過剰反応……。また滞在地が海外であれば、さらに不慣れな言語による消化不良のコミュニケーションでつのるイライラ、消耗、自己嫌悪が折り重なって、身体以上に脳や神経がオーバーヒートを感じていることも大きな要因だ。

　それに加えてこの旅における史の場合、いやいや、例外なく智汐もケイもあの日あのシャーク・ベイに集められたシャーマンたち全員は、そんな一般的な旅の疲れの上にとてつもない「未来の予言」を背負って、あるいは心身に刻みつけられてしまったのだから。

　現地で過ごした残り数日、ストロマトライトとの交信は定期的に続けられ、「その後」の処し方に関わる多岐にわたるメッセージがそれぞれに託された。また同時にそこに集まったシャーマン同士が意見を交わす機会も設けられて、曲がりなりにも皆がその意志を受け止める覚悟をしっかりと固めるのに十分な時間もかけられた。これもまた大きな重い荷物となった。

だから、幼い頃の神子の修行以来と思われる智汐と二人で過ごす濃密な日々も、初めての二人旅も、もはや高揚感や感動の想いは消え失せ、すべてを終えての帰路は会話の中身の記憶さえ残っていない、脱力感だけを共有した残念な旅の締めくくりだった。

そんなありさまで日本に到着して丸三日、史は自分の巣にこもり、最低限の食事を摂る以外は、ただひたすらに眠りを貪って過ごしていた。

帰国してから四日目の朝、ようやく少しは身体が軽くなった感じがして、およそ一ヶ月近くの仕事のブランクのことも気になり始めたのもあり、まずは社会生活復帰へのリハビリとばかりに、いつもの時刻にベッドを離れることにした。とはいえまだ普段通りに真っ直ぐ商売道具へとは向かわず、キッチンでいつもの簡単な朝食の仕度を調えると、来客用の打ち合わせにも使っているダイニングテーブルに場所を決めて、手持ち無沙汰な静けさを紛らすことができればと、チャンネルも確かめずにとりあえずテレビのスイッチをＯＮ

にした。

　パチッという音とともに久しぶりに光源を得た液晶画面では、朝のニュースの解説コーナーらしきものが始まろうとしていた。

「さて、二日前に官邸で倒れた首相のその後の容態について、昨晩の医療チームの会見では依然病変部の特定ができないまま予断を許さない状態が続き、具体的な治療方針をめぐってチーム内でも意見がまとまっていないとのことでした。その後何か新しい情報が入っていないか、病院と官邸と中継をつないで詳しくお伝えできればと思います……」

　それは史にとって、スプーンにすくったシリアルを口まで運ぶその手をいったん止めさせるのに十分な、衝撃的なニュースだった。

「え、なに？　『首相緊急入院』って……」シリアルを頬張るかわりに口をついて出たのは、キャスターの背景に時折アップで映り込む、マルチ画面の太字の見出し文字であった。

「いやいや、なによ、二日前って……。私が家に帰ってから旅行の荷物もろくに開けずに、家から一歩も出ないでただ眠っていた間に、なに？　どういうこと？」

もちろんそれがオーストラリアで自ら背負わされて帰ってきたビジョンの端緒であることは、史にも容易に想像できた。確かにそれはあの時に託された「未来の予言」ではあるのだろうけれど、その未来が、もうすでに始まっている?

智汐とは往路同様帰りも途中で路線が分かれたので、最終的な入国時は史ひとりだった。空港からは相当に疲れていたのもあって、寄り道もせずまっすぐ自宅へ戻ってきた。まあ、大きな荷物をいったん玄関に入れてから、近くのコンビニでパンや牛乳や飲み物など簡単な買い出しはしたけれど。でも以来三日間、幸い家に残っていたインスタントやレトルト食品だけで事足りたおかげで、それきり史はまったく外へも出かけていない。要は、日本に帰ってきて接点のあった人間なんて、数えるほどしかいないということだ。当然、首相官邸はおろか国会や官庁やその周辺、とにかくこの国の総理大臣が立ち回りそうな場所、それに連なるこの国の要人、役人たちが行きそうな場所、通りそうな道に近づいたことも、何かを届けたことも、一切何もなかった。それは地方に暮らす智汐の場合はなおさらのはずだ。それなのに、もう始まっていたなんて。

ストロマトライトは確かに史や智汐たち、そこに居合わせたシャーマンが、直接誰かにその菌を感染させるようなことはないと言った。だから自分が体内に宿して持ち帰った菌が、いまこの国の総理大臣の命を危機に晒しているのでないことは想像できる。少なくとも史たちが日本に到着してからわずか二日ほどで、おそらく厳重な衛生管理も行き届いているであろう首相官邸の中にまで、あの菌が入り込めるはずもない。その一点に限れば罪の意識を感じることはない。実際には自分たちの移動よりずっと前に、あそこで世界中のシャーマンたちが、これからの世界を想い描いていた頃には、すでに何かが媒介となって、あの菌を日本に上陸させていたということなのだろう。しかも、よりにもよって最もインパクトのある場所と人を選んで、地球からのメッセージは間違いなく確実に届けられたのだ。

それにしてもこれはあまりにも早すぎると史は思った。と同時にそのプロセスさえ、もはや人類にコントロールできないものなのだということも史は悟った。たぶんこれと同じことが世界中で同時多発的に始まっていて、もう誰にもこの予言を覆すことはできないのだということも。預言者の端くれとして、ただ目の前の現象を受け入れるだけだった。

もはや何を喋っているかも曖昧になったキャスターの顔を眺めながら、史は現生人類の無力な結末を、少し冷めた紅茶とともに飲み下すほかなかった。

病原となる菌の発見はニュージーランドの研究所がいち早く結果を出した。若い女性首長の国ゆえに、未知の感染症のダメージが意思決定の中枢に及ばず、政治的混乱が比較的緩やかだったことが功を奏したのかも知れない。ただ、それ以降各国の防疫機関で菌の性質が解明されていくほどに、除菌や殺菌や予防の対策が何ひとつ役に立たないことが明らかになって、混乱はますます深まるだけだった。

一方で増え続ける患者を受け入れる医療機関でも、効果的な治療法が見つからないことが医師たちを震撼させた。まず病変がどこにどのタイミングで発症するか、まるで予測ができない。ある患者は臓器不全を多発させ、ある患者は視力や聴力を失い、またある患者は運動機能障害を発症した。この感染症の前では治療科の前提も無意味になってしまったのだ。

そして何よりこの感染症最大の特性、感染によって発病するのが成人男性に限られるという事実は、もはや人類に突きつけられた最後通告であるかのように、国や地域や人種を超えて、この地球上に暮らすすべての人々に強い恐怖を植え付けたのだった。

結局のところ、帰国してからは史にも智汐にも、特段になすべきことは何もなかった。

朝イチのニュースで衝撃を受けたその日は、不在期間中の出来事を溜まったままにしていた新聞記事や、インターネットの情報で追いかけて過ごした。そして翌日からは仕事先や協力関係先に長期不在の詫びを入れつつ、また従来通りの体制で仕事を再開する旨、報告やお願い、現状確認や日程調整などをやりとりしながら、以前の生活リズムを取り戻すことに専念できた。その頃は国の政治のトップに降りかかった重大ニュースに戦々恐々としつつも、まだ仕事の方は普段通りに進められるだけの余裕があったのだ。

しかし、件の原因不明の病気が新しい感染症であることが判明し、気がつけば国内でも地域を選ばず、様々な職業や地位や年齢の成人男性に病気が蔓延し、寸分違わず同じことが世界中のあちこちで同時発生していることが判明してくる頃には、社会活動も経済もそして政治も、たちどころに麻痺状態に陥った。

残念なことに、史も目の前の混乱に翻弄される一人に過ぎなかった。いま世界中で起きていることが何を目指しているのか、そのビジョンや行き着く先を知っていたところで、そのプロセスに前向きにも後ろ向きにも、関与する力は誰も持ち合わせてはいない。地球の大きな意志が、本来その一部でしかなかった人類の間違った未来像を一気に再起動させようとしているのだから、その構成員である自分たちになすべきことなどないはずだ。

そんな巨大な渦の中にいるような日々の中で史に唯一できるのは、自分の周りで大切な人を失い、あるいは命を取り留めてもこれまで通りに生活できなくなったパートナーや家族を前に、悲しみや苦悩に耐える同性たちの心の痛みが、少しでも早く癒える日が来ることを祈るだけだった。そして史自身も、旧知の人たちが少しずつ消えていく様子を見るに耐えかねて、ついには智汐がいまも暮らす故郷へ身を寄せることにした。せめて「その後」のビジョンを共有している運命共同体のそばでこの嵐をやり過ごすことが、新しい世界へ踏み出すための少しでも前向きな行動と思えたから。それにいまの自分にはまだ何も伝える術がないということがわかっていたから。

七章

いつもの時刻、今日も史は朝イチのルーティンを、覚醒と無意識の狭間を往ったり来たり、漂うような曖昧なテンションのままでゆるゆるとこなしていく。例によって、朝食の支度と昨日からやりかけの仕事の続きは、双方を効率よく織り交ぜながら手をかけていかないといけない。

ひとつだけ、以前と状況が違うのは、このところ携わっている仕事が商業広告のデザインではないということだ。

史はいま、新しくなった文科省が立ち上げた、これから日本で始まる新しい教育プログラムのグランドデザインに携わり、これを公布し、教育現場に等しく徹底させていくためのコミュニケーション・ガイド制作に、表現プロジェクトの一員として加わっているのだ。お役所が発行するツールだからといって、昔の白書や指導要綱のような、無味乾燥で面白みのない文書は望まれていない。誰が読んでもわかりやすくて親しみやすい、そして一番大事なことがストレートに伝わるツールでなければならない。新しい社会では、何をおいてもコミュニケーションの大切さが求められ、人々の心を動かし共感されて初めて、物事が動くような世の中になっている。


あれから、社会全体が大きく変わった。海の向こうでは史上初の女性大統領が誕生し、もう二期目となる政権を引っ張っている。諜報国家も、国民的な音楽家を擁した芸術国家に生まれ変わった。

いま、国民から自由を奪おうとする国はない。なぜならあれ以来、地球全体で人口はおよそ三分の二まで減少し、労働力人口は半分にも満たない。国の政治や経済活動を続けるためには、民力をおろそかにして成り立つものではないのだ。したがって国民を大切にしない指導者など考えられない。何よりすべての指導者は女性だ。暴力的なアプローチによって虐げることの愚かさ無意味さを知らない女性はいない。

核保有国も早々に消滅した。わが子を望んで戦場に送り出す母親はいない。隣人を攻撃することから始める発想も女系世界にはそぐわない。だから世界中の国が不戦協定を結ぶのに労力は要さなかった。ちなみにその理念の根底に、過去のパリ協定や日本国憲法第九条の思想が大いに継承されていたことは、史も日本人として非常に誇らしいことだと思っている。

不戦協定によって、まず核兵器の廃絶に各国が動き、すべての核弾頭と核燃料と、加えて廃炉になった原発の廃棄物が、世界数カ所に増えたオンカロ（地層処分）施設に永久保管されることになった。施設計画に必要な十万年安定地層の情報を提供したのは、外ならぬストロマトライトだった。そしていまは、各国が自衛を主眼とした保有武力の見直しに取り組んでいる。

実のところ、あの菌の世界的な蔓延によって、地球上の成人男子が完全に死滅したわけではなかった。日本でも『おとこみこ、おかんなぎ』と称される男性のシャーマンが存在するけれど、彼ら地霊に通じる男たちは、菌の影響を死につながるほど深刻には受けなかった。

他にも肉体的な活動は制限されるものの生き残った男性はいて、たいていの場合、彼らは国家の再建に役立つ何らかの能力を持っていたため、適宜アドバイザー役として新しい指導者たちを支えている。このような現象は世界各地でも同様に起きていた。あの菌には冷徹なまでに男性特有の攻撃性を排除し、これからの世界に必要な者と必要でない者を見極める、もうひとつの特性があったのかも知れない。

もちろん、この人類史の大転換期と呼ぶべき成人男性の壊滅的な減少を、すべてプラス面で評価する歴史家は今後も現れないだろう。その後に遺された新世界で、個々の喪失という痛みだけに限らず、明らかに埋め合わせのできない絶望的な価値の損失もまた、乗り越えなくてはならない大きな試練であった。

まず国家の大小を問わず直面したのが経済規模の急激な縮小だった。旧世界での経済活動が、やはり男性中心の社会で回されていたことは事実であったから、その瓦解によって、一時的に物的社会的サービスは著しく不足し、停滞し、多大な混乱が生じた。これによって引き起こされた金融危機も、旧の経済大国ほど深刻な社会問題となった。

しかしながら、これらも過ぎてみれば一過性の現象で、企業も組織も市場も国家も、予算規模が小さくなったことで、結果的にはコントロールしやすく、かえって無理のない持続可能な運営が可能になった。過渡期にあって、従来男性が牛耳っていた政治や経済システムの根幹部分を、各分野の新しい女性リーダーたち、男性優位の組織では埋もれたり機会を奪われたりしていた彼女たちが、臨機応変に置き換えていったことも功を奏した。

エンターテインメント、プロスポーツや芸術・芸能の世界でも、これまで男性だけで組織、構成、継承されてきたものは、残念ながら多くが失われることになった。それでも幾つかのジャンルにおいては、女性式に運用ルールや開催方式を置き替えて、新たな形で生まれ変わったり、アーカイブとして様式や技法を記録に遺せるような分野は、また新世代の男子がこれを受け継いで復興できるような仕組みも用意されて、すべての文化の火が消えてしまうような事態だけは、なんとか避ける努力が続けられている。

さて話を史の身近なところに戻すと、智汐はあれから政治の世界に入り、新外務省の副大臣として、新たな国際秩序の構築に取り組んでいる。ちなみにあの日シャーク・ベイに集まったシャーマンたちの中からも政治家への転身者は多かったようで、おかげで国を超えた連携がしやすい土壌ができていたようだ。各国が自国の枠組みも踏まえながら、それでも地球規模での利益を優先的に考えて政治判断をしていくというのが、新しい国際秩序のベースになっていると、智汐も説明してくれた。

そして史自身、智汐の誘いもあって国家再建プロジェクトに参画するという中で、今回のような新文科省の仕事にも関わるようになっている。これまで公文書で重要視されることのなかった『デザイン』を取り入れるというのは、一方通行でないコミュニケーションの大切さが社会に、とりわけ政治の世界にも浸透していることの表れかも知れない。

先に挙げた北の大国の変貌に見られるように、諜報ではなく芸術で自国の価値を発揮できることを新しい政治家たちは知った。お互いを知り、さらに共感できるまで心の距離を近づけること。国境や言葉の壁を超えて人と人を繋ぐこと。本来芸術が担ってきた、そんな価値観が政治的活動においても原動力のひとつとなっているのなら、こんな喜ばしいことはない。過去には強大な力をもってしても越えられなかった国境が、芸術でなら簡単に突破できるのだ。それが政治の世界で証明されている。史も大いに政治参加しようと思える所以だ。

もうひとつ大事なこと。新しい世界でヒトという種を絶やさず維持していくために、どのように子孫を残すかという喫緊の課題。

これにはまず、やはり医学的なアプローチからいくつかの解決策が施されている。ひとつは精子バンクに残されていた優良な遺伝子を、さらに精製して、先天的な病害要因を取り除いた上で人工授精させる方法。こちらはある程度確立されていた技術をベースにできたことで、早い時期から実践されていて、多くの新世代がすでに世界中で誕生している。

またクローン技術の進展によっても、受精卵を必要としない人工胚からの誕生が可能となりつつある。これには様々な倫理上の問題も伴うが、持続可能な種の継承を維持する手法として、厳しい管理のもとに実現に向けて研究が進められている。

残念ながら、まだ自然発生的に単性だけで生殖可能な生物学上の進化は見られない。もちろんそれには数百年、数千年の時間がかかってもおかしくはない。それまでは医学的な施術に頼るしかないのだろう。

しかしこれもそれほどネガティブな側面ばかりでもない。医学的施術によって生殖をコントロールできるということは、出産や育児の時期を計画的に設定できるということなので、過去の社会で問題視されたような、出産や育児を理由に仕事その他の様々な夢や目標を中断、あるいは断念せざるを得ないといった、女性だけに背負わされてきた不幸を避ける道筋ができたということに外ならない。新しい世界は、女性がライフステージを自分の意志で描けるようにもなったというわけだ。

また、女系社会の発生で家族の形も変化した。もはや「家」や「家庭」に縛られて暮らす必要がなくなったのだ。

例えば子育てや介護などは、コミュニティ単位で負うことが普通になっている。働き手は自分の得意な分野でコミュニティに貢献すればいい。外に出て働いてお金を稼ぐ者がいれば、その間の家事や子育てや介護を担う者が共にいて、コミュニティ全体で収支や需給のバランスが取れていればいい。

もちろん家事労働や育児労働、介護労働に対して賃金労働と同等の対価が求められることを理解できる、女性同士のコミュニティだからこそ、この関係は公正に成立している。

また育児にしろ介護にしろ、複数の人が関わることになるから個々の負担は軽減されるし、コミュニティ全体で見守っているので不測の事故も軽減される。何より、子供の躾や教育、被介護者のケアの質や容態改善に、コミュニティ制度が大きなプラス効果をもたらしていることが様々なデータによっても示されている。人類よりも社会の進化の方が早いのは当然のことだけれど、やはりこんな風な生きやすい世の中があっという間に実現したのは目を見張るばかりだ。

八章

「さて、そろそろ仕事に集中するかな」誰に聞かせるともなく呟いた史の後ろでは、理子さんが来月二歳の誕生日を迎える心くんにお昼を食べさせている。

理子さんも元はデザイナーで、史が前にいた会社の同僚だった。いまは育児休業期間だけれども、心くんが三歳になったら、また現場に戻って史のビジネスパートナーになってくれる予定だ。

他にも二組のシングルマザー（いまこの社会には物理的にシングルマザーしか存在しないわけだけれど）が史の家にサポートに来てくれていて、三人は子育て経験のない史に、進行中の教育プログラムについてのアドバイスをくれることもある。

史には智汐も交えた現在のこのコミュニティでの生活が、すこぶる心地いい。


「理子さん、心くんにはどんな人になってもらいたいと思ってるの？」視線はマックの画面に集中したまま、食器の後片付けを終えた様子の理子さんに何気なく尋ねてみる。

「なに？　急に……」

「いや、この新しいプログラムで教育を受ける心くんがどんな風に育つか、何かイメージできるかなと思って」

「うーん、そうね……。やっぱり以前あんなことがあったから、男の子としてまずは健康に育って欲しい。そして物事がわかるようになったら、自分の命が、たくさんの命の連鎖の上に成り立っていることを理解して欲しいな。自分が何のために生かされているか、そのことをわかった上で、自分にできることを学んでくれればいいと思う」

「それは心配ないでしょう。心くんは新しいタイプの男になってくれるよ、きっと」

「そうでないと、せっかく生まれてきた意味がないからね」

「あれ、理子さんでもそんな厳しいことを言うんだね」

「あの時は、私も含めてたくさんの人が大切な人を亡くしたでしょう。もちろん最初はすごく悲しくて、どうしてこんな目に遭わなきゃいけないのかって、病気のこと、菌のこと、いろんなことを恨んでいたけど、あれからだいぶ時間が経って思うようになったの。

　私たちはものすごく驕っていたんだなって。あの後消えていったのはすべて、人間が傲慢に作り出した危険で愚かで不要なものばかりだった。それらがすべて無くなって、世界もすっかり変わったでしょう。もちろん失う痛みはものすごく大きかったけれど、あの出来事が私たちに、人間たちの慢心を気づかせてくれたんだと最終的には理解できたの」

「なるほど。理子さんには大切なことがちゃんとわかっているんだ」

「それはもちろん、私だって女だから……」

了

著者プロフィール

片瀬 素（かたせ もと）

1959年大阪府生まれ、A型・山羊座。府立泉陽高〜神戸市外大ロシア学科卒。大阪の広告制作会社勤務を経て現在はフリーランスのコピーライターとして活動。趣味はサッカー（観戦もプレーも）、さらに妻と二人で楽しむ文楽・落語、キャンプや旅行、週末の呑み食べ歩きなど。

●装画　安井寿磨子（銅版画家）

ストロマトライト

2021年2月15日　初版第1刷発行

著　者　片瀬 素

発行者　瓜谷 綱延

発行所　株式会社文芸社

〒160-0022　東京都新宿区新宿1－10－1

電話　03-5369-3060（代表）

03-5369-2299（販売）

印刷所　株式会社フクイン

ISBN978-4-286-22246-2